恋はひそやかに

ミランダ・リー 作
大谷真理子 訳

ハーレクイン・クラシックス
東京・ロンドン・トロント・パリ・ニューヨーク・アテネ・アムステルダム
ハンブルク・ストックホルム・ミラノ・シドニー・マドリッド・ワルシャワ
ブダペスト・リオデジャネイロ・ルクセンブルク・フリブール

A Very Secret Affair

by Miranda Lee

Published by Harlequin K.K., Tokyo, 2009

◇作者の横顔

ミランダ・リー　オーストラリアの田舎町に生まれ育つ。全寮制の学校を出てクラシック音楽の勉強をしたのち、シドニーに移った。幸せな結婚をして三人の娘に恵まれたが、家にいて家事をこなす合間に小説を書き始める。現実にありそうな物語を、テンポのよいセクシーな描写で描くことを得意とする。趣味は幅広く、長編の物語を読むことからパズルを解くこと、そして賭事にまで及ぶ。

1

「あなたは運がいいわね！」

クレアはミセス・ブラウンの血圧の薬と処方箋《しょほうせん》の写しを紙袋に入れながら、不機嫌な顔になった。

「運がいいってどういう意味ですか？」

ミセス・ブラウンはなんでもお見通しという顔で、いらいらしながら言った。「クレア・プライド！　ふざけないでちょうだい！　たった今タウンホールに行って今夜の舞踏会の飾りつけを手伝ってきたんだけど、メインテーブルの座席札にあなたの名前があったわ。とぼけたってだめよ」

クレアは気落ちした。ああ。まさか母が、わたしの意を無視して、その席に着かせようとしているのでは？　もちろん、そんなはずはないわ！

「考えてもごらんなさい。あのすてきなドクター・エイドリアン・アーチャーの隣にずっと座っていられるのよ」ミセス・ブラウンはとても興奮しているようだ。「あの人なら、いつでも好きなときにわたしの胸に聴診器を当ててもかまわないわ」

クレアもまったく同感だった。毎週火曜日の夜、テレビで『ブッシュ・ドクター』を観《み》ながら、彼女もまたつまらない空想を巡らせたことがある。

しかし、すぐに思い出した。あれはただのテレビドラマ。幻想なのだ。画面に映っている男性は現実の人間ではない。ロマンチックな夢物語。実物の彼は、ドラマの中で演じているチャーミングで繊細な人間とは正反対なのだろう。

女性誌を一読すれば、彼の実像は容易にわかる。彼の写真が雑誌のページを飾らない週はないと言ってもいいくらいで、しかもいつも違う美女と一緒に写っている。彼はいとも簡単に恋人と別れるというのがもっぱらの噂《うわさ》だ。

「あの人は本物のお医者さまじゃないんですよ、ナンシー」クレアはそっけなく言った。

ミセス・ブラウンは驚いた顔をした。「もちろん本物のお医者さまですとも！　あの緊急手術のときの腕前を見てごらんなさい。そればかりか、患者と接する態度もすばらしいじゃないの。本物のお医者さまでなければ、ドクター・アーチャーのようにやさしく親身になって患者の面倒を見ることはできませんよ！」

「あの人は俳優なんですよ。たしかにあの番組をつくるときには本物のお医者さまが待機して、各シーンにおかしなところがないかどうか監督しているはずです。でも『ブッシュ・ドクター』はテレビドラマで、舞台も架空の町だし、登場人物も架空の人間なんです。ドクター・エイドリアン・アーチャーは本物のお医者さまではありません。番組の最後に流れる出演者の名前を見たら、マット・シェフィールドという俳優だとわかるでしょう？」

「でも、わたしにとって彼は、まぎれもなくドクター・アーチャーなのよ！」ミセス・ブラウンは薬代の小銭をカウンターに乱暴に置くと、紙袋を拾い上げてさっさと店から出ていった。

クレアは腹立たしげにため息をついた。なぜミセス・ブラウンのような女性は、つくりものと現実の区別がつかないのだろう？　なぜテレビの連続ドラマの登場人物を現実の人間だなんて思うのかしら？　それに、どうしてわたしは母のことで悩まなければならないの？　母は絶対に相手にノーと言わせない。自分のまわりにあるものすべて、まわりにいる人すべてを思いどおりに動かせると思っているのだ。

クレアは腕時計を見た。そろそろ十二時。土曜日はいつもそうであるように、もうじきミスター・ワトソンがやってきて仕事を交替してくれる時間だ。そのため、午後は自由の身になる。いつもならアパートの二階を掃除したり音楽を聴いて過ごすのだが、今日は両親のところへ行かなければならない。

今夜は、メインテーブルに座るのはもちろん、例の舞踏会へ行くつもりもない。毎週お気に入りのテレビ番組を観る楽しみをだいなしにしたくないのだ。ドクター・エイドリアン・アーチャーの仮面を脱いだ現実の男性と一緒に時間を過ごしてしまったら、そのあとどうやって夢の世界に戻ればいいのだろう？　だめ、そんなことは考えられない。

もちろん何もかも母のせいだ。こんなことをされて黙っているわけにはいかない。こちらが少しでも譲れば、母はさらに要求するような人なのだ！

クレアは勢いよくダークブルーのマグナの向きを変えて人気のない田舎道に入ると、アクセルを踏んでスピードを出した。車の後方で赤っぽい土埃《つちぼこり》が舞い上がり、道端を流れる川の静かな水面にまで広がった。腹立ちまぎれにスピードを出すのは愚かだと承知してはいるものの、今度ばかりは衝動を抑えきれず、脇道《わきみち》に入ってから両親の農場までいつもの半分の時間で走りきった。

不規則に広がる木造の家の前でマグナが鋭い音をたてて止まったとき、ちょうどサマンサが葦毛《あしげ》の愛馬キャスパーを連れて脇のゲートから出てきた。

「あら、姉さん！」車から降りたクレアを見て、サマンサは大声を張り上げた。「グランプリ・レースにでも出るつもり？　それはそうと、こんなところで何してるの？　今夜のパーティのためにおめかししなくちゃいけないんじゃない？　あと七時間しかないわよ。ママを喜ばせるつもりなら、そろそろ支度を始めたほうがいいわ」

「生意気言わないで、サム。ママは？」

「自分の部屋でしょう。今夜着ていく服を決めているのよ。あら、ずいぶん怖い顔してるわね。ママは今度は何をしたの？」

「わたしの席を、マット・シェフィールドの隣にしたのよ！」

鞍《くら》にまたがったサマンサはいぶかしげに姉の顔を見た。「マット・シェフィールドって？　今夜の主賓は『ブッシュ・ドクター』の主人公だと思ったけど」

「マット・シェフィールドが『ブッシュ・ドクター』の主人公なのよ」

「それじゃ、なぜ文句を言ってるの？　バンガラータのおばさんたちはみんな彼に夢中よ。わたしにはわからないけど。それほどハンサムでもないのに」

この子は目が悪いのだろうか？　クレアはそう思った。マット・シェフィールドはすばらしくハンサムなのに。

「少なくとも、三十歳は超えてるでしょう？」サマンサはさりげなく言う。

「たしかにもう中年ね」クレアは皮肉混じりに言った。「それから、ありがとう。近ごろはわたしもおばさんの部類に入るのね？」

「そうねえ、姉さんは二十七歳でしょう。二十七でまだ独身。同棲《どうせい》相手もいない。おばさんとは言えないかもしれないけど、ハイミスなのはたしかよ」

「バンガラータでは同棲なんかできないわ、サム。町の薬局で薬剤師をしていたらとても無理ね」

「それじゃ、どうして戻ってきたの？　どうしてずっとシドニーにいなかったのよ。あっちにいたときは楽しそうだったじゃないの。こんな小さな町で暮らすのは、姉さんには向いてないわ」

「それなら、何が向いているの？　教えて」

「知るものですか。でも、一つだけわかるわ。ママのそばでは暮らさないほうがいいわよ。姉さんとママは本当に仲が悪いんだから。もう行かなくちゃ。それじゃ、またね」

サマンサは葦毛の腹を蹴《け》り、長いブロンドをなびかせながら走り去った。クレアは会うたびに大人びて見える妹の後ろ姿を見送った。

たぶんサムの言うとおりなのだろう。わたしは故郷に戻ってこないほうがよかったのかもしれない。けれど、十五歳のティーンエイジャーにわかるはずがない。失恋の痛手に耐えながら、大都会で一人暮らすのがどんなものかが。

わびしい思いでクレアが玄関前の階段のほうへ歩いていくと、勢いよくドアが開いていかめしい表情をした背の高い女性――クレアの母親が現れた。短めのブロンドにはパーマがかかり、胸は豊かでグレーの瞳は鋭い。あの瞳だけ受け継いで、胸の大きさまで受け継がなかったのは幸運だったわ、とクレアは思った。

「あら、あなただったの。車の音が聞こえたような気がしたものだから」

クレアはため息をついた。たまにはこんな言葉を聞きたい。〝おかえりなさい。会いたかったわ。何かあったの？　力になれることはあるかしら？〟最後に母に抱き締めてもらったのがいつだったかも思い出せない。

「どうしたの？　疲れた顔をして。入ってお茶でも飲みなさい」

クレアが止める間もなく母親のアグネスは廊下を歩き始めた。クレアはあきらめて母親のあとをついて家の奥にある大きな田舎風のキッチンに入り、テーブルのまわりに並ぶ背の高い木製の椅子を引き出した。

「サムは大人になったわね」椅子に腰を下ろした。

「わたしだったら、これからはあの子をあまり一人で外には出さないけど。道や森でどんな人間や動物にでくわすかわからないでしょう？」

やかんに水を入れていたアグネスは、口を一文字に結んで顔を上げた。「ここは田舎よ。あなたの大好きなシドニーとは違うの。ここでは女の子が一人で出歩いてもまったく心配ないわ。サマンサはまだ十五だし、あの道を一キロほど行ったところにあるお友達の家へ行くだけなのよ。歩いていくわけじゃないし。馬に乗っているんですもの」

「馬だって人間にはかなわないわ。相手がレイプしようと考えている場合にはね」

「レイプですって？　ここではそんな事件は起きないわよ。バンガラータはきちんとした町で、みんな道徳観念を持っているんですもの」

「今はどこでだってそういう事件が起こりうるわ。知り合いの男にレイプされるケースも多いのよ」

「まあ、シドニーでそんなことがあったの？　だからあんなに急に帰ってきたのね？」

「とんでもない。そんなんじゃないわ！」

「それなら、どうして思いがけなく帰ってきたの？　理由は全然話してくれなかったわね」

クレアは口を開きかけてすぐにまた閉じた。今まで母親に気楽に悩みや秘密を打ち明けた経験はない。建設的なアドバイスがもらえることなどめったになく、ただ批判されるだけなのだ。アグネスが確固たる古い道徳観念を持っているため、クレアはいつもデイビッドとの関係について本当のことが言えなかった。話しても、母親は厳しくクレアを批判し、ばかな娘だと結論づけただろう。クレアが求めていたのは非難ではなく、思いやりと理解だった。自分がばかだというのはいやというほどわかっている！

「故郷に帰りたかっただけよ」クレアは言葉を濁した。「バンガラータがなつかしくなったの。ねえ、ここに来たのはただおしゃべりをするためじゃないのよ。さっきわかったんだけど、だれかが今夜わたしをメインテーブルの主賓の隣に座らせるよう決めたみたいなんだけど……」

「なんですって？」アグネスはクレアの言葉をさえぎった。「あなたがドクター・アーチャーの隣に座るって言うの？」

たちまちクレアは自分の勘違いに気づいた。母の仕業ではなかったのだ！

「今夜会場へ行ったら、フローラ・ホイットブレッドに文句を言ってやらなくちゃ。あなたがメインテーブルに座るのをいやがっているとはっきり注意しておいたのに。代わりにわたしがそこに座ってもいいとまで言っておいたのよ。あの人ときたら、結局あなたの席をあそこに決めるなんて。本当にだんだん図に乗ってきたようね！」

今夜フローラが母親からとっちめられるかと思うと、クレアは縮み上がった。正直なところ、これがフローラの発案だとわかっていたら、最初から素直に応じたかもしれない。クレアはフローラが好きだった。その善良な老婦人はとてもやさしい人で、地元の振興会の会長をしている。たしかに、地元の舞踏会にドクター・アーチャーのような有名人を主賓に迎えるのはたいへん名誉なことだ。さらにフローラは、彼のおかげで注目が集まれば、小さな田舎町に本物の医師が来てくれるかもしれないと期待しているのだろう。

バンガラータ在住のただ一人の医師は、昨年病気のために引退した。国中の新聞に医師募集の広告を出しているが、よい返事はない。そのため、地元の人々は治療を受けるためにわざわざダボまで行かなければならないのだ。とくに高齢者にとってはたいへんな負担だった。フローラはなんとしても今の状況を改善しなければと固く心に誓っていたのだ。

「フローラはミスター・シェフィールドの隣に年の近い人を座らせたかったんじゃないかしら」クレア

は代弁がましく言った。「きっとお手上げの状態だったのよ。ほかの若い女性は初めてこの舞踏会に出る人ばかりでしょう？　フローラには何も言わないで、ママ。わたしはその席で我慢するから」

　アグネスはばかにしたように鼻を鳴らした。「我慢するですって！　あなたの席に座るためなら、たいていの女性はどんな代償でも払うでしょうに」紅茶をいれ終わると、彼女はトレーをテーブルに運んできた。アグネス・プライドがティーバッグでお茶をいれることはない。二つのティーカップに紅茶を注《つ》いでミルクを入れてから、クレアの前にきちんとカップとソーサーを置いた。そのあと、自分のカップとソーサーを持って楕円《だえん》形のテーブルの反対端へ回った。椅子に腰を下ろしたアグネスは背筋を伸ばしたままカップを口元へ運び、娘のほうへちらちらと鋭い視線を送りながら熱い紅茶をすすった。

　クレアは黙り込み、熱い紅茶を苦しそうに何度も飲み込んだ。どうして母はいつもあんな目つきでわたしを見るのだろう？

「髪を切りなさい」アグネスは注意した。「垂らしていると、ぼさぼさでだらしなく見えるわ。仕事中のあのひっつめ髪も、いかにもハイミスみたいよ。少しぐらいお化粧をしたら？　あなたは顔色もいいし目もとてもきれいだけど、もう少し改善の余地があるわね。それに、年がら年中ズボンをはいていて、どうやって男性の目を引きつけるの？　男の人は女性の体の曲線を見たいものよ」

「生きていくうえで一番大事なのは、男性の目を引きつけることじゃないのよ。それに、これはズボンじゃないわ。ジーンズよ。Tシャツにジーンズという格好でもワンピース姿と同じくらい、女性の体の曲線を強調するんじゃないかしら。ときには、ワンピースを着ているとき以上にね」

「それじゃ、今夜の舞踏会にはジーンズ姿で現れるのね？　きっとドクター・アーチャーは感激するでしょう」

「あの人の名前はマット・シェフィールドよ。ドクター・アーチャーというのはドラマの役名だわ」

　アグネスが当惑したようにまばたきをするのを見て、母親もミセス・ブラウンと同じように幻想の虜《とりこ》になっているのがわかった。

「わたしだってイブニングドレスの一着や二着は持っているわ」クレアは続けた。「一つは特別すてきなドレスよ。でも、わたしが何を着ようと、何をしようと、ミスター・シェフィールドのような人を本当に感動させるのは無理じゃないかしら」

「ばかなことを言わないの。その気になればあなただってかなり魅力的になれるわ」アグネスは大きな音をたててカップをソーサーに置いた。「どうしてそんなにミスター・シェフィールドを嫌うの？　前に会ったことでもあるの？　シドニーに住んでいたとき、しょっちゅう劇場へ行っていたでしょう」

「いいえ、会ったことなんかないわ。でも、ハンサムな俳優というのはみんな同じ欠点を持っているのよ。自分は神が女たちに与えた贈り物だと、うぬぼれているんだわ。本当は悪魔の手先のくせに」

　頭の中に、あるイメージが広がった。幕が上がり、一人の男性が舞台に登場する。うっとりするほどハンサムな男性。まるでギリシアの神のようだ。けれど、結局デイビッドには神々しいところなどまったくなかった。彼はクレアを地獄へ追いやり、置き去りにしたのだ。

「ずいぶんひねくれた考え方をするようになったのね、クレア。ときどき、シドニーへ行かせなければよかったと思うわ」

「わたしもよ」胸の痛みに苦しみながら、クレアはつぶやいた。

「だれも無理強いしたわけじゃないわ」母親の口調

はいらだっている。「あなたが行きたがったのよ」

　つまり、ママから逃げ出したかったのよ。クレアは心の中で言ったが、すぐに気がとがめた。意見が合わないところはあるけれど、わたしは母を愛している。でも、サムの言うとおりだ。わたしたちはいつも喧嘩《けんか》ばかりしている。「ほかに方法がなかったのよ。バンガラータは世界に冠たる教育の中心地とは言えないでしょう」クレアは立ち上がり、自分のカップとソーサーを流しへ運んだ。「そろそろ帰るわ。また今夜ね」

　アグネスは娘と一緒に玄関まで歩いていった。

「今夜はどんなドレスを着るの？」玄関前のベランダに着くなりきいた。「本当に流行遅れの服じゃないでしょうね？　なにしろ、ここに戻ってきてからもう二年もたつんですもの」

「だいじょうぶよ」

「ぜひともそう願いたいわ。バンガラータの女性は正式な場所へ出るときの服装も心得ていないと思われたらいやですからね」

「わたしが何を着ようと、ミスター・シェフィールドは気にも留めないんじゃないかしら。でも、心配しないで。ママやバンガラータの人たちをがっかりさせたりしないから」

　バンガラータのタウンホールがこれほど立派に見えるのは、何年ぶりだろう。一八八六年に建てられたこのホールは、常に小さな田舎町の中心地だった。ダンスパーティやさまざまな集会、結婚披露宴などがよく開催された。小麦の生産が成功した結果人口が急増して、当然のことながら学童も増えたため、一九二〇年代までは小学校の校舎も兼ねていた。近年、この建物はずいぶんみすぼらしくなっていたのだが、今夜は壁のペンキも塗り直され、窓はぴかぴかに磨かれて、木製の床はかすかな光を放っている。

上のほうには垂れ幕や風船や色テープが飾られ、お祭り気分を醸し出していた。

　クレアはメインテーブルが置かれた木造のステージへ上がり、自分の名札を見てからみごとな食器類へ目を移した。ぱりっとした真っ白なテーブルクロスとみずみずしい花を飾った水盤の下にあるのが簡素な木の架台だと、だれが信じるだろう？

　今回、フローラと地元の振興会のメンバーの手際はいつになくすばらしかった。ナイフやフォークはいつものパーティ業者が用意するものではなく、本物の銀製だ。クレアは誇らしい気持できれいになった古い建物を見渡した。マット・シェフィールドが慣れ親しんでいる洗練された場所とは違うかもしれないけれど、それでもこのホールは今までで一番立派に見える。わたしと同じように……。

　クレアは胸を締めつけられる思いがした。今夜このドレスを着るなんて皮肉だ。このドレスはあれ以来一度も手を通したことがなく、ずっとクローゼットの隅で眠っていた。心の痛手の象徴として、二度とあのようなばかな真似《まね》をしてはいけないという警告として。

　今夜このドレスを着ているのは、あくまでも母親にあおられたからだ。実際、もう一つのドレスでも舞踏会には十分こと足りる。けれど、ある意味でこれはいい機会だと思った。もういいかげんにきっぱりと過去の亡霊を追い払うときだ。バンガラータの人々に、わたしはハイミスには向かない女だと証明するのだ。

　有名デザイナーのドレスを着た娘を見て母がどんな顔をするか想像すると、クレアは少し満足感を覚えた。それが何百ドルもするオリジナルドレスだからというだけではない。今夜の髪型とアクセサリーはドレスとぴったり調和して、上品であかぬけた雰囲気を醸し出しているからだ。髪は垂らしているが、見苦しくなってはいない。たっぷり時間をかけてブラウンの髪を温かみのある赤に染め、念入りにセットした。その結果、無数の大きなカールが肩の上で飛び跳ね、顔のまわりでつややかなウエーブが揺れている。

それに普段は素顔のままだけれど、今日は十分に注意を払った。うんざりするほど長い時間をかけて、たとえ不器量な娘でもきれいに見せるような凝った化粧を施したのだ。上手に輪郭を描いた唇にはブロンズ色のリップグロスがかすかに光り、頬紅がきれいな頬骨を引きたてている。丁寧にアイシャドーを塗り、アイライナーを引いてマスカラをつけると、グレーの瞳はどことなく妖《あや》しい雰囲気を漂わせ、薬局のカウンター越しに客と接しているときの冷ややかな瞳とは対照的になった。

もちろん、人目を引くのは主にドレスだった。ターコイズブルーのタイシルクで作られたこのドレスは、オフショルダーの幅の広いラップアラウンドカラーがついている。ウエストはきゅっと絞ってあり、ギャザースカートは前の部分が上下に波打っている。そのために最大の長所である長くて健康的な脚線美が強調されている。ドレスの下にはストラップレスのプッシュアップブラをつけて、男性の興味を引くように胸の谷間をつくった。

最初、何度となくクレアは考えた。マット・シェフィールドはわたしを魅力的だと思うかしら？　正直なところ、わたしがこんなに手間をかけたのは母のためだけではない。

要するに、わたしも女なのだ。マット・シェフィールドのようにハンサムで洗練された男性の前で、自分の一番よいところを見せたいと思わない女がいるだろうか？　わたしのプライドがそうさせたのだ。それとも、わたしを駆りたてて最大限の努力を払わせたのは別のものなのかしら？

ステージ上に用意されたテーブルの自分の席を見たとき、クレアの心臓は激しく打ち始めた。あと三十分もしないうちにわたしはあそこに座る。本当の人間性がいやというほどわかっている男の隣に。クレアは自分をとびきりの美人とは思っていないが、けっして不器量ではなかった。故郷に戻ってから、何人の男性に甘い言葉で口説かれたかを知ったら、母親は驚くだろう。

そう、クレアは今夜の主賓が見向きもしないような、魅力に欠ける女性ではない。彼女が心配しているのは、マット・シェフィールドが多少の色気をこめて軽口をたたいたり言い寄ったりしてきたら、どんな態度をとったらよいのかという点だ。わたしの心にすむ愚かな女の部分が、テレビで彼が演じる医師と実際の俳優とを区別できるとよいのだけれど。

「クレア！　ねえ、クレアったら！」

クレアが見ると、裏口の近くでフローラが手を振っている。あきらめたようにため息をつくと、クレアはその方向へ歩いていき、フローラが着ているドレスを見ないように努めた。その派手な赤とピンクの花柄のドレスは、太った体には恐ろしく似合っていなかったからだ。かわいそうに、人のよい老婦人は興奮して顔までピンクに染めながら、裏口に到着する人々を確認している。

「あら、すてきだこと！」フローラは不安げに見つめた。「あなたの席をメインテーブルにしたけれど、迷惑じゃなかったかしら？　今朝、お父さまと話をしたとき、あなたがわたしの思惑を誤解したのではないかとおっしゃっていたわ。あなたがあの席をいやがるはずはないって。あの……お父さまのおっしゃったとおりだといいけれど」

クレアはにこっとした。「父の言うとおりです。わたしはただ、ひょっとするともっと適当な人が見つかるんじゃないかと思っただけなんです」

「あら、とんでもない。ジムにも言ったけれど、あなた以上に明るくてきれいなお嬢さんはこの町にはいないわ。今夜のお客さまを楽しませることができるのは、この町のかわいらしい薬剤師さんだけですよ」突然フローラは金切り声をあげてクレアの手首をつかんだ。「ねえ、見て！　あの方の車が着いたわ！　わくわくするわね」

クレアは胸の鼓動が速くなったのに驚き、フローラの手から自分の手を引き抜いた。気がつくと、彼女もフローラと一緒に戸口から外をのぞいていた。

つややかな黒い車が通りの縁石に近づいてくる。車が止まると、黒のディナースーツを着た男性が運転席から降りた。長身の男性。なかなかの美男子だ。だが、彼は例の人物ではない。それに気づいて、クレアは深い安堵《あんど》感を覚えた。

「あれはミスター・マーシャルでしょう。今夜の主賓のエージェントですよ。あら、今度はドクター・アーチャーが降りてくるわ。ちょっと行ってお出迎えしてくださらない？」

クレアはつばをのんだ。視線は思わず、開いた助手席のドアのほうへ向く。「とんでもない」

「そうね、わたしが行きますよ」フローラは急いで階段を下り、出迎え係のほうへ飛んでいった。

やがて、助手席のドアが大きく開いて、黒っぽい髪の男性が現れた。やはりこちらも黒いディナースーツに身を包んでいる。クレアはあまりに気が動転して、それ以上彼を見ていることができなかった。即座にくるりと向きを変えると、ホールの奥へ逃げていった。

2

クレアは舞台の裏手にある化粧室のドアを閉めて、ぐったりともたれかかった。全身を震わせながら、胸の鼓動を静めようとしたが、うまくいかない。大急ぎで逃げ出したために乱れた息遣いは、ようやくなんとかおさまってきた。彼女はドアから離れて小さな化粧室の壁際に置かれた椅子のほうへ進み、腰を下ろした。

目を閉じて壁にもたれる。少しの間こうしていたら気持も落ち着き、ホールに戻って自分の席に着くことができるだろう。

どうしてこんなふうにあわてふためいているのだろう？　要するにあの人に惹《ひ》かれているということと？　だったら、どうだと言うの？　今までにも惹かれた男性はいくらでもいる。故郷に帰ってからも二、三人の男性に魅力を感じた。母親は知らないが、その人たちとデートもしたし、恋をして結婚してもいいと思うような男性が見つかるかもしれないと期待していた。

けれど、地元の男性はとても退屈で、つまらない人ばかりだった。だから今は、本当にかなうかどうかもわからない夢を追いかけるのでなく、孤独な生活に甘んじている。

クレアは立ち上がり、洗面台の上にかかっている鏡に近づいた。視線を、髪から美しく化粧を施した顔、魅惑的なドレスへと移す。ほつれ毛をかき上げたとき、手が震えているのに気づいて愕然《がくぜん》とした。低い声をあげながら椅子にもたれて、洗面台を見つめた。ふたたび目を上げると、鏡に映る目は輝き、心臓はまだどきどきしている。

事実を直視しなさい。クレアは自分に言い聞かせた。あの人に胸がときめくんでしょう？　テレビドラマの登場人物ではなく、あの人自身に。新聞や雑誌に掲載される彼の記事を一つ残らずチェックしているのは、ほかにどんな理由があると言うの？

だから最初は、今夜ここに来るのを断ったんでしょう？　彼があまりにもデイビッドに似ていて、穏やかな気持ではいられなくなるとわかっていたから。マット・シェフィールドもデイビッドもとびきりのハンサムで、二人ともすばらしい役者。さらに、どちらもシドニーの裕福な家庭の長男で、なおいっそう驚くのは父親が政治家という点だ。

デイビッドは大学卒業後少ししてから演劇をやめ、弁護士の仕事に就いた。おそらくずっと政治のほうにも目を向けていたのだろう。

いろいろな背景が似ている点を考えると、マット・シェフィールドもデイビッドのように洗練され、とびきり傲慢《ごうまん》で、油断のならないほど魅力的なタイプに違いない。しかし、外見がいくら魅力的でも、本当の性格は浅はかで不誠実で、身勝手なのだろう。

クレアは、今夜どういう役割を期待されているかちゃんと承知しているつもりだ。それでも、マット・シェフィールドと数時間を一緒に過ごすかと思うと、激しく心をかき乱された。デイビッドと別れて以来、どんな男性に対してもこんな気持になったことはないのに。

幸か不幸か過去に深い心の傷を負った経験があるせいで、クレアはかなり自信を持っていた——どんなに心を引かれても、どんなにマット・シェフィールドに甘い言葉をささやかれても、冷静さを装って如才なく相手することができるだろう、と。もちろん、露骨に失礼な態度をとるわけにはいかない。フローラやバンガラータの人たちはわたしに期待しているのだから。

勇気を奮い起こしてクレアは化粧室を出た。男性用化粧室の前を通りすぎて舞台の右袖《みぎそで》へ上がる階段に足をかけたとき、男性のいらだった声が聞こえたので足を止めた。「やれやれ、ビル、ここは思ったよりもずっと田舎だな」

「まったくそうですね。あのごてごてした飾りつけを見ましたか？　とんでもない風船も！　なぜこんな仕事を引き受けたんです？　ここの謝礼では経費もまかなえないでしょう」

「たしかに今まで見たものとは違うな。きみの言うとおり、引き受けたのは間違いだったようだ。本当にすごい僻地《へきち》に来たもんだよ！」

　クレアは縮み上がった。直感的に、そのすばらしく洗練された声の主がだれなのか気づいた。テレビからしょっちゅう流れてくる声。あの低くてよく響く声が好きなのだ。とくに、事故の被害者や難産に苦しむ妊婦を慰めているときの声は。ところが今、いやみたっぷりの言葉を発する声を聞いていると、もう一人のいかにも教養人らしい話し方をする人物――デイビッドのことが思い出された。クレアの頭の中に、過去の記憶がよみがえるのと同時に激しい怒りが沸き上がり、常に冷静でいようという決意が押しつぶされていった。彼女は急いで前に進み出て、故郷の町をばかにした二人の男性と対決しようとした。

　二人の男性は二枚の幕の間に立ち、彼女に背中を向けている。肩幅の広い威圧するような男性の姿を見て、クレアは躊躇《ちゅうちょ》した。二人がふたたび話を始めたとき、思わず背景幕の後ろに隠れた。

「本当に、あのおばさんのばかばかしいおしゃべりに一晩中つき合わされるなんてまいるよ」マット・シェフィールドはこぼした。

「ミセス・プライドのことですか？」

「いや、もう一人のほうさ。ぞっとするような赤とピンクの花柄のドレスを着てただろう。フローラとかなんとか言っていたな。それにしても、二人ともまるでバッタの大群のような勢いだったんだよ。きみが助けに来てくれてよかった。ぼくには化粧室へ行くなんてことは言い出せなかっただろうからね」

「それでわたしは給料をもらっているんですよ。とはいえ、本当に助けが必要だったわけじゃないでしょう。あなたはいつだって女性をさばくのがうまいじゃないですか」

「一部の女性だけさ、ビル、ほんの一部だけだよ。今夜ぼくの相手をするのはミス・クレア・プライドだって聞いただろう。たぶんさっきのミセス・プライドの娘だよ。ああ、とんでもない女性に当たってしまった！」

「まあまあ、マット、ミセス・プライドはなかなかじゃないですか。ひょっとすると、ミス・プライドも母親と同じように美人かもしれませんよ」

「最近ぼくはついていないからね。ミス・プライドは胸が平らなハイミスで、唯一の趣味は蝶《ちょう》のコレクションなんていうんじゃないかな」

二人の男性の笑い声を聞いて、クレアの心は決まった。見ていらっしゃい、ミスター・シェフィールド。今に思い知らせてあげるから……。

少しの間彼女はその場にとどまっていた。そしてそこから出たときには、絶対にあの男をぎゃふんと言わせるという固い決意を笑顔の下に隠していた。

そのころ主賓はメインテーブルの自分の椅子の後ろに立ち、一方ビルという男性は、その左側の二つ向こうの席に着いていた。フローラは二人の男性の間の席に座っている。敵に立ち向かう心の準備はできているわ。クレアはそう確信していたのだが、彼女が舞台を横切っていくと、主賓は急に振り返ってすばらしいブルーの瞳で彼女を見つめた。するとクレアは言葉を失い、自分に注がれる視線に負けないよう、一心に相手を見つめた。すらりと伸びた長身、形のよい口、小さなくぼみのある男らしい顎、頑丈そうな鼻、きちんと撫《な》でつけたダークブラウンの髪。しかし、いつものように一番心を引きつけたのは、例のブルーの瞳だった。

　きっとクレアはマット・シェフィールドと握手を交わし、何ごとか挨拶《あいさつ》の言葉を発したのだろう。自分ではよく覚えていなかった。マット・シェフィールドが片方の眉を吊《つ》り上げてちらっとビルを見ると、彼の顔にかすかに満足げな表情がよぎった。それに気づいたのは幸いだった。二人の男性の表情はこんなことを言おうとしているかのようだ――これは驚いた。それほどひどい女じゃないじゃないか。

　実際はどうであれ、クレアにとってはそう考えたほうが好都合だった。おかげで、マット・シェフィールドの魅力に負けそうだった自分を立ち直らせることができた。

　ああ！　何をしているの？　彼女は自分を叱《しか》った。ええ、たしかにこの人の瞳はすばらしいわ。そんなことはとっくにわかっていたじゃないの！

　自分でも気づかないうちに表情豊かなグレーの瞳に嫌悪感が表れたらしい。マット・シェフィールドは即座に身をこわばらせて顔をしかめたが、近づいてきたクレアの両親に注意をそらされた。

「マット、ジム・プライドとはお会いになって？」フローラがまくしたてた。「アグネスのご主人で、この美しいクレアのお父さまですの。ジムは地元の銀行の支店長でしてね。でも、週末は農園主を気どっていらっしゃるんですよ」

　クレア以外は全員が声をたてて笑った。

「もう会ったよ、フローラ」クレアの父親が言い、いとおしそうに娘のほうをちらっと見た。「クレアはわたしたちの自慢の娘なんです。そうだろう、アグネス？」妻と腕を組む。「娘は薬剤師なんです。

しばらくシドニーで働いていたんですが、二年前に戻ってきたんですよ」

マット・シェフィールドはゆったりとした口調で話し始めた。「地元の男性は喜んでいるでしょうね」

ふたたび笑い声が沸き上がると、怒りのあまりクレアは真っ赤になった。そして、苦々しい気持で考えた。女はどんなに勉強してすばらしい成果をあげてもたたえられることはなく、人生の一番重要な役割を再認識させられるだけだ。女は性的対象、単なる装飾物でしかない。この地球上に存在する唯一の目的は、男を喜ばせることなのだ。

「まあ、そんなことをおっしゃるから、クレアが気まずい思いをしているじゃありませんか」フローラは注意したが、媚《こ》びるような言い方だ。「それに、この人はいつもこんなにお色気たっぷりではないんですよ。そうでしょう、クレア？　あなたが来てくれたおかげで、バンガラータの一番よいものを見せることができましたよ」

おそらくなだめるつもりで言ったその言葉に、クレアはなおいっそう恥ずかしくなった。

「ここにいる人たちもここにあるものも、何もかもすばらしいですね」マット・シェフィールドはホールを見渡した。

「一生懸命準備したんですのよ」アグネスが自慢げに言う。

クレアは喜んで沈黙を守り、主賓の話し相手は母親とフローラに任せた。その後内容のない雑談が続いた。やがて数人の女性が現れて晩餐会《ばんさんかい》が始まると、ようやく全員が席に着いた。

クレアは、右隣にスタン・チャーターズが座ったのでほっとした。彼は地元の食料品店の店主で、でっぷりした五十代の陽気な男性だ。地元の振興会の役員でもあり、かなりのおしゃべりだった。

「今夜はまた格別魅力的だね、クレア」スタンはすぐさま熱狂的に褒め上げた。「すてきなドレスじゃないか！」

「まあ、ありがとうございます、ミスター・チャーターズ」クレアは愛想よく答えた。運がよければ、今夜はずっと彼と話し続けて、マット・シェフィールドを完全に無視できるだろう。

ところが、スタンはクレアの助けにならなかった。反対側にはクレアの母親がいて、絶えずスタンに話しかけていたからだ。マット・シェフィールドとビル・マーシャルの間に座っているフローラは、しばらくの間次から次へとお世辞を並べたてて賓客をもてなした。しかし、そのように大げさな追従を目のあたりにしていると、クレアの気分はますます悪くなった。おかげで、フローラが左隣のビルと話し込み、マットがこちらを向いて話しかけてきたとき、クレアは礼儀正しく振る舞えなかった。

「なかなかおいしい海老《えび》だね」マットは切り出した。

クレアはシーフード・カクテルの最後の一切れを口に入れようとしていたところだった。

「シドニーの海老です」彼女はそっけなく答えた。

「たぶん、あなたのために特別に航空便で取り寄せたんでしょう」

「シドニーの海老ほどおいしいものはないからね」

「そうですね」

「ところで、ミス・プライド」ちょっと言葉を切ってから、マットはやさしくたずねた。「きみは豊かな才能を小さな田舎町に埋《うず》めたいのかい？」

クレアは息を吸い込んで、ますます激しくなるいらだちを抑えた。彼のほうを向き、大きく目を見開いて無邪気な目つきをする。「埋めるですって？ここは墓地ではなくて、故郷なんですよ。ここの暮らしは気に入っています。それに、この町もわたしを必要としてくれました。バンガラータに一人しかいなかった薬剤師が年を取ってフルタイムで働けなくなったのに、代わりの人が見つからなくて困っていたからです。医師についても、同じような問題を抱えているんですよ。たった一人だった医師が病気で引退してから、この町は無医村になってしまいました。最近はみな、田舎へ行くのをいやがるようですね」

「フローラもそう言っていたよ。ここに来るとしたら医者がどんな責任を負うかという点も説明してくれた。報酬はいいかもしれないが、仕事量は多いし、労働時間はとてつもなく長い。そんな責任を負ってもいいと思う医者は、あまりいないだろうね」

「近ごろの男の人は責任を負うのがいやなようですから」

「医者が全部男とはかぎらないよ。女医のほうがそういう仕事に向いているかもしれないな。それとも、きみは一石二鳥を狙《ねら》っていたのかい？」

「どういう意味ですか？」

「もちろん町には医者を補充して、きみは自分にふさわしい人生のパートナーを見つける。きみのように頭がよくて魅力的なレディは、なかなか条件が厳しいんだろうな。ねえ、ミス・プライド」美しいブルーの瞳がからかうように光る。「きみが志願者全員を個人的に面接するとか？　だから、まだ適任者が見つからないのかな？」

挑発的な言葉に、クレアは自分を抑えられなくなった。

「そうなんです。実はね、マット」媚びを売るようなしぐさで彼のほうに体を傾けた。「先週、見込みのありそうなすてきな人がいたんです。でも食事のあと、もっと詳しく面接をしようとわたしのアパートに一緒に戻ったら、正直に言ってちょっと期待はずれだったんです」相手の腿のあたりに視線を落としてからまた顔に戻す。「あなたが本物のお医者さまでなくて残念。だって、あなたから応募があったら、適任かどうかじっくり調べるでしょうからね」

「今夜は思っていたよりずっと楽しくなりそうだ」

マット・シェフィールドは相好を崩し、クレアの目をのぞき込んだ。「それじゃ、教えてくれないか、クレア。シドニーには何年いたんだい？」

「七年です」

「七年も！　ここに戻ってきたときは世捨て人になった感じだっただろうね。都会のにぎやかさやテンポの速い生活が恋しくないかい？」

「わたし、バンガラータが好きなんです」

「驚いたな。きみはここには場違いに見えるけど」

マットはワイングラスを取り、彼女の目を見据えたままワインを飲んだ。

「場違いに見えるのは」クレアは目をそらして、皿を脇《わき》へ押しやった。「このドレスでしょう」

　目をそらしたのと、ドレスがよみがえらせた思い出のおかげで、束《つか》の間《ま》気弱になっていた彼女は元気を取り戻した。

「ところで、『ブッシュ・ドクター』は来年まで続くんですか？」クレアは唐突にきいた。「こんなことをきくのは、すてきなドクター・エイドリアン・アーチャーが何もすることのない火曜の夜に楽しみを与えてくれなかったら、この辺の女性たちが死んでしまうからなんです」

「きみはファンではないようだね」

「たまには見ますけど」クレアは嘘《うそ》をついた。

「だけど、すてきなドクター・エイドリアン・アーチャーがいなくても生きていけるんだろう？」

　ばかにしたような言い方がクレアの癇《かん》に障った。

「もちろん。それに、ドクター・アーチャーの仮面をつけていない男性がいなくても生きていけます」

　あっけにとられたマットは椅子の背にもたれた。

　たちまちクレアは恥ずかしくなり、気がとがめた。

「ごめんなさい、失礼なことを言って。わたし、どうしたのかしら？　あなたはわざわざこんなところまで来てくださったのに、何もかもだいなしにして」困ったことに、今にも悔し涙があふれそうだ。

不意に、テーブルの上で固く拳《こぶし》を握っているクレアの手をマットが握り締めた。

「いいんだよ。ぼくが気に障ることを言ったか、したんだろう。度を超してモーションをかけていると思われてしまったかな。だとしたら、すまなかった。本当にすまなかった」

束の間緊張感をはらんだ時が流れた。クレアはもう少しで彼の言葉を真に受けそうになったが、かろうじて踏みとどまった。

「食事を続けたほうがよさそうですね、ミスター・シェフィールド？」堅苦しい口調で言う。

マットがうなずいたのを見て、クレアはひそかに安堵《あんど》のため息をついた。

メインコースの料理を食べ終わったとき、マットがクレアのほうに体を寄せた。「ちょっとお願いがあるんだけど」温かな息が彼女の頬を撫でる。「食事のあと、初めて今夜の舞踏会に出るお嬢さんたちの紹介が終わったら、ぼくをフローラ・ホイットブレッドに預けないでくれ。ずっとそばにいてほしい。約束してくれないか？」

思わずクレアはうなずいた。固い決意はどこかへ吹き飛んでしまった。食事をサービスしている女性が空になった皿を下げて、代わりにデザートを置いたことにもほとんど気づかなかったくらいだ。

「それから、マットと呼んでくれないか」

すてきな男性にふさわしいすてきな名前だわ。ああ、たいへん。わたしは弱気になっている。みすみす彼にだまされてはいけない。

「どうかしたの、クレア？」

目を上げると、マットが怪訝《けげん》そうに見つめていた。

「デザートに手もつけないで」

彼女は考え込むように目を細めた。マットの顔に、別のハンサムな男性の顔がダブって見える。鮮烈な記憶がよみがえり、一瞬激しい胸の痛みを覚えた。やがて目の前の幻影は消えた。「ごめんなさい。ちょっと考えごとをして」

「楽しくないことだね。ぼくにできることは？」

「ありません」クレアはにべもなく言った。

コーヒーを飲み始めたとき、フローラが立ち上がって、主賓に対して短く、しかしお世辞だらけの謝辞を述べた。それに応《こた》えたマットのスピーチはウイットに富んでいた。どうやら前もって準備したものではないようで、医師のいないバンガラータの窮状にも触れていた。会場には新聞記者が二、三人いてさかんにメモを取り、カメラマンがせっせと写真を撮っている。ひょっとすると、何かよい結果が生まれるかもしれない。マットが着席すると、耳をつんざくような拍手が沸き起こった。

「すばらしかったですわ」マットがクレアのほうを見たとき、彼女は本心からそう言った。

マットは一心に彼女を見つめる。「それこそまさに本物の称賛だね。敵愾心《てきがいしん》に満ちた相手に褒めてもらったのだから」

「マット、わたしは……」

「まあまあ」マットの顔には冷笑が浮かんでいる。「ドクター・アーチャーの仮面をつけていないこの男は、それほど繊細な人間じゃないんだ。きみはなんらかの理由でぼくに悪意を抱いているようだが、いったいどうしてなのか見当もつかないよ」

クレアの表情は、彼の推測が正しいことを証明してしまったようだ。

「どうした？　もう謝らないのかい？」

一瞬フローラと振興会のことが頭に浮かび、クレアの目に苦悩の色がよぎった。

「遠慮しないでくれ。正直に言ってもらうほうが好きなんだ。それより、白状すると、きみの態度に興味をそそられてしまった。自分の胸に手を当ててきいているんだよ。今まで出会った中で一番すてきな女性にこんな敵愾心を植えつけてしまうなんて、いったいぼくは何をしたんだろう？」

　それは二人の会話を締めくくるのにふさわしい、相手をじらすような口調だった。マットはその効果を承知しているんだわ。クレアはいらいらしながら彼の様子を見守った。彼は初めて社交の場に出る若い女性を紹介するために、フローラやそのほかの人人のほうへ歩いていった。

「クレア」

　母親の声を聞いてクレアは肩越しに振り向いた。

「どうかしたの？　赤い顔をして……」

「なんでもないの。ちょっと頭が痛いだけ。ひょっとしたら早めに帰らせてもらうかもしれないわ」

「だめよ！　これからお嬢さんたちの紹介が始まるんですもの。それに、あとで主賓をおもてなしするのに、あなたがいないと困るかもしれないわ。こっちに来て座りなさい」

　クレアはため息をつき、素直に母親の言葉に従った。今は母と一緒にいるのが最善の策だ。

　音楽が始まった。真っ白なドレスを着た五人の若い女性が紹介される間、クレアは絶え間なく続く母親の話を黙って聞いていた。だが、公式の行事が終わってダンスが始まったらこっそり会場を抜け出そうと心に決めていた。

　ところが、ことはそれほどたやすくなかった。絶えずだれかがそばに来て、みな今夜のクレアはすてきだと褒めちぎった。それでも、期待に反して母親がその話題に触れなかっただけに、ほかの人に褒められるとクレアの自尊心はいくらか慰められた。そればかりでなく、町の人たちとのおしゃべりに忙しければ、マットの相手をしなくてもすむ。

マットは、年配の婦人たちに囲まれて楽しそうに話をしている。不意に首を回したとき、クレアと目が合った。少しの間彼はただ見つめていたが、すぐに横を向いてビル・マーシャルに何ごとかささやいた。直感的にこのやりとりが自分に関係あると感じて、クレアは不安を覚えた。そして、警戒心を抱きながら、近づいてくるビルを見守った。

「踊りませんか、クレア？」

驚いた彼女は目をぱちくりさせたが、気がついたときにはもうダンスフロアに出ていた。

「マットはもうすぐここを出て、表向きはモーテルに戻ります。だけど、どこかであなたと二人きりでお酒でも飲みたいと言っているんですが」

クレアはあっけにとられ、激怒した。

ロックスターが取り巻きを使って夜の相手をするグルーピーを集めに行かせる話は聞いたことがあるけれど、とんでもない話だわ！

「ねえ、ビル」クレアは何くわぬ顔で話し始めた。「あなたはいつもマットのために女性を世話しているんですか？ それとも、こんなふうにほかの町へ旅行したときだけ？」

ビルは少しも気分を害した様子はない。どうやら、何ごとにも動じたり気分を害したりしないのが、一流のエージェントに必要な資質なのだろう。「わかりました。では、返事はノーということですね」

「きめつけないでください。そんなすばらしい申し出を断るなんて夢にも考えていませんわ。ただ、マットが、手に入るものは飲み物だけだとわきまえていてくださるといいんですけど」

「マットは紳士ですよ。どこで会えますか？」

こんなことが起こるなんてクレアには信じられなかった。二年間田舎の男性ばかり相手にしてきたので、都会の男の中にはひどく大胆で積極的な人間がいるのを忘れていた。彼女の怒りはふくらみ、あの男をぎゃふんといわせると誓ったことを思い出した。

「わたしはメインストリートにある薬局の上のアパートに住んでいます」クレアはほほ笑んだ。「裏通りから入るようになっているんです。ポーチの明かりをつけておきますから、マットに階段を上ってドアをノックしてほしいと伝えてください」

「先にここを出てください。マットもできるだけ早く行きますから」口元にかすかに満足げな表情を浮かべ、ビルはきびきびとした足取りで去っていった。

　その後ろ姿を見つめながら、クレアは今でも信じられない思いだった。ビルがマットに近づいて耳打ちすると、マットは眉をひそめてから首を回した。一瞬すばらしいブルーの瞳がグレーの瞳と合った。彼女の心臓が止まったかと思うと、震え出した。

ああ、わたしはなんてことをしたのだろう？

その夜クレアが逃げ出すのはこれで二度目だった。

3

　クレアはそわそわと部屋の中を動き回った。頻繁に裏手の窓へ近づいては、通りを見渡してみる。マットが早く来てくれないかと思うこともあれば、現れないでほしいと思うこともあった。

　もう何度目になるだろう？　勢いよく振り返って窓に背を向け、ふたたび行ったり来たりし始めた。

ああ、わたしはなんてばかなのかしら！　自分にこんなゲームができると思うなんて、どうしようもないばかよ。あの人は危険だわ。わたしは、傲慢《ごうまん》で厚かましい彼を嫌い、鼻っ柱を折ってやろうと企《たくら》みながらも、その裏では期待と興奮で震えている。

　大きなノックの音が聞こえたとたん、クレアはドアのほうを向いた。あの人が来たんだわ。

どきどきしながら戸口へ飛ぶように歩いていく。ドアの前に着くと、背筋を伸ばして息を整え、笑顔をつくってドアを開けた。「ここを見つけるのはたいへんじゃなかったかしら？」

「全然」マットは勧められるのを待たずに部屋に入り、すぐさまジャケットを脱いで蝶《ちょう》ネクタイを取った。「このほうが楽なんだ」さらにシャツのボタンをいくつかはずしながら室内を見回す。「なるほど、いいところだね」ジャケットやネクタイを近くの椅子に置いた。

「気に入っているわ」クレアはドアを閉めてから、改装したばかりのアパートを不安げに見回した。

リビングルームを照らしているのは二つのスタンドだけだ。毛足の長いパイル織りの白いラグはとても厚く、裸足《はだし》で歩くと贅沢《ぜいたく》な感触が味わえる。部屋の中心にあるのは幅の広い四人掛けのソファで、ワインレッドのベルベットが張られている。二脚ある肘掛け椅子もベルベット張りで、片方が黒、もう片方はワインレッドと白のストライプだ。

真っ白な壁には一枚絵がかかっている。描かれているのは、木陰に広げた敷物に横になっている男女。そばにはピクニック用のバスケットが置かれている。この絵を見るといつも心が休まるのだが、今マットが近づいて眺めている様子を見ていると、クレアはまったく違う気分になった。不意に、絵の中の男女の目がとろんとしているのは昼食をおなかいっぱい食べたせいではなく、愛の余韻にひたっているからだと思えてきた。背景に数人の人物や風景が描かれているのに、クレアの目には敷物に横たわる男女の姿以外何も入ってこなかった。

「ちょっとエロチックな絵だね」マットはゆっくりと振り返り、穏やかな目つきで見た。

「そんなふうに思ったことはないけど」なんとかう

わべは平静を装った。そして〝今までは〟と心の中でつけ加えた。彼女の視線はマットの端整な顔から日焼けしたたくましい首を通りすぎて、シャツからのぞいている黒い胸毛へと移っていった。ウエストまで行ったところで無理やり視線をそらし、力の入らない脚を動かしてくるみ材のコーナーキャビネットのほうへ向かった。マットに背中を向けたまま二、三回息をして気持を落ち着かせ、振り返った。「飲み物は何がいいかしら？」

「ポートワインはある？」マットはソファにどさっと腰を下ろし、きれいな長い指で額をもんだ。

　クレアはサミュエル・ポートワインの瓶と上等なクリスタルのグラスを二個取り出した。それをマットのそばの大理石のサイドテーブルに置いたとき、グラスとグラスが当たってかすかな音がした。彼女は最大限に自制心を働かせて、ワインをこぼさないように注意しながら注《っ》いだ。

　クレアはマットに飲み物を渡してから、自分のグラスを持ってソファの反対端に腰を下ろした。

　マットは物憂げにほほ笑む。「やっと終わってよかった」

「ああいう行事には慣れっこなんでしょう？　楽にこなせるんじゃなくて？」

「今夜は今までとちょっと違ったからね」マットはワインを少し飲み、しげしげと彼女を見つめる。

「バンガラータには驚いたよ」

「本当に？　まさに想像どおりだったんじゃないの？　あの風船やら何やらがね！」

　マットは声をあげて笑った。「どうしてそんなことを言うんだい。あれが一番最初に強烈な印象を受けたものだよ。あの風船が！」

「赤とピンクの花柄のドレスを着たフローラじゃなかったの？」

　マットは驚いた目つきをしたが、それについては何も答えなかった。だが、どきっとするようなことを言った。「まだドレスを着たままなんだね」

クレアはぽかんと口を開けた。まあ、驚いた！　この人は、わたしがくつろげる服装に着替えているだろうと期待していたのかしら？　ひょっとして、黒いレースのネグリジェにでも？

「変な言い方に聞こえたかな」マットはグラスをテーブルに置いた。「ぼくが言いたかったのは、ぼくだったらこのタキシードから解放されるのが待ち遠しくてしかたないということだよ。女性はきれいなドレスをすぐに脱ぎたいとは思わないんだね？」

「まあ……」思っていることが表情に出るのが怖くて、クレアはうつむいた。「実を言うと、時間がなかったの。それに、それほど窮屈ではないから」

「窮屈そうに見えるけどな」

彼女はさっと顔を上げた。「いいえ、窮屈じゃないわ！」

「かっとなりやすい性格なんだね。心配しないで、ぼくを怖がる必要はない。それから、きみが考えていたことを否定する必要もないよ」

クレアは動揺した。まさかこの人にわたしの胸の内が読めるはずはない。

「ビルがきみの言ったことを話してくれたんだ」

「そう？」

「注意しておいたほうがいいと思ったんだろう」

「それで、わたしの考えは当たっていて？　一緒に飲もうという誘いは単なる口実で、一夜のアバンチュールを期待していたんでしょう？」

「本当の答えを聞きたい？」

「あなたは正直に言うほうが好きだと言ったわね。それはあなたにも当てはまるの？　それとも、ほかの人の場合だけ？」

「両方だといいけど」ブルーの瞳が険しくなった。「取り引きをしよう。まずぼくの質問に答えてくれたら、ぼくも正直に答えるよ」

「フェアな取り引きとは言えないわね。でも、いいわ」

「よし。それじゃ、教えてくれ。きみが嫌いなのはぼく個人なのかい？　それとも俳優という職業かい？」

「答えは簡単だわ」クレアはワインを飲み、グラスの縁越しに挑戦的な視線を送った。「両方よ」

「説明してくれないか？」

「あら、それは取り引きに入っていなかったわ。今度はわたしの質問に答えて」

「どんな質問だったかな？　なんて言ったのか、正確な言葉を忘れてしまったよ」

「嘘《うそ》つきね！」クレアは責めたてながらも、言葉の応酬を楽しんでいた。「あなたは絶対に人の言葉を忘れたりしないでしょう。台詞《せりふ》もね。わたしに言わせてばつの悪い思いをさせようとしているだけよ」

「何を言わせるの？」

「あなたが期待していたのは一杯飲むだけじゃなくて、セックスだということよ」

マットは黙り込んでクレアをじらし、ポートワインを味わいながら、例の相手の心をかき乱すまなざしで見つめた。

「それで、どうなの？」クレアは返事を促した。「あなたが期待していたのはそれなんでしょう？」

「もう一度会って一杯つき合ってもらえないかと頼んだとき、淫《みだ》らな気持はまったくなかった。あそこから逃げ出して、ぼくの興味と好奇心をかきたてた女性とゆったりした気分で会いたかっただけさ。きみは、ぼくを気に入っているように見えるときもあれば、逆にひどく嫌っているように見えるときもあった。その理由を知りたかったのさ」マットはソファにもたれて足首を交差させた。「実を言うと、ぼくには出会ってすぐに女性とベッドをともにする習慣はない。もちろん……」ふざけたような調子で言った。「きみの場合は例外にしてもいいけどね」

「どういう意味？」

「つまり、女性の中には真っ先に頭に浮かんだことを口にする人がいるからね。きみがベッドへ行きたくてしかたないなら、ご希望にそってもいいよ」

「まあ！」クレアは勢いよく立ち上がった。その拍子にグラスが揺れて、美しいラグにワインがこぼれた。「よくもそんなことを！　自分を何さまだと思ってるの？　ああ、ずうずうしいにもほどがあるわ！　一杯飲もうと誘ったのは、あなたのほうでしょう」

「きみは誘いに応じたじゃないか。一杯飲むだけじゃないとわかっていながら」

「それはあくまでも、田舎暮らしの女が誘惑に弱いわけじゃないことを証明したかったからよ！　あなたに期待を持たせたあとで、しっぺ返しをしてやりたかったの！」その言葉が口から飛び出したとたん、クレアは後悔した。固く目を閉じて体を震わせながらため息をついた。「ああ、なんてことを……」

マットは立ち上がり、彼女の手からグラスを取った。「このラグを拭《ふ》くものはあるかい？」

クレアが目を開けると、冷静な表情のマットが立っている。ようやくラグが汚れていることに気づいた彼女は、流しへ飛んでいった。濡《ぬ》れたスポンジをつかんで急いで戻ってくると、ひざまずいて染みを拭き始める。「ああ、どうしよう！」

「帰ったほうがよさそうだね」マットは疲れたようにため息をついた。

「いいえ……」クレアはよろよろと立ち上がり、懇願するような目つきで見た。「お願い、説明しなくては……」

「その必要はないよ。きみがぼくとビルの話を立ち聞きして、懲らしめようとしたのは目に見えている。

だけど、ぼくが俳優だからといって非難するのはフェアじゃなかったね。きみの演技はすばらしかったよ。適度に冷たい態度をとったあとに、突然気がありそうなところを見せる。ぼくはきみの情熱を垣間見たような気さえした。まったくうまくやってのけたものだ！　脱帽するよ」

「そんなんじゃないの。たしかにあなたたちの話を聞いて腹を立てたわ。わたしたちを見くびっていると思ったの。でも、そのあとは、全部が全部演技というわけじゃなかったわ」

「演技じゃないって？」マットは一歩前に進み出て彼女の腕をつかんだ。「それなら、なんだったのか教えてくれ」

　ああ、そんなことは言えない。心臓は狂ったように打ち、胃がむかむかする。クレアは何も言わずにかぶりを振るばかりだった。

「いったいどうしたんだ？　さっきは言葉に詰まったりしなかったじゃないか」

「なんでもないの」クレアはマットの手を振り払おうとしたが、彼は指に力をこめた。

「言うんだ！　それから、ぼくの手を振り払おうとするな。ぼくがきみに触れたいと思っているように、きみも触れてほしいと思っているじゃないか！」

　クレアはマットをにらんだが、彼の怒った顔を見て震え上がった。首を左右に振りながら、床に視線を落とす。

「きみは認めないだろうね？」マットの片手がクレアの腕から離れて、顎を上に向かせた。「ぼくが俳優だからか？　ぼくたちはみんな嘘つきだと思っているんだね？　異常に自尊心の強い人間だと？　本物の感情を持つことができないと？　それは違う。ぼくにだって感情はある。傷つく場合もあるんだよ。今夜はきみに傷つけられた」

「マット、そんなつもりはなかったの」

「そうかな？　ぼくはばかじゃないんだよ。きみはぼくに会う前から、あの話を立ち聞きする前から、心を決めていた。ぼくを憎みたがっていたんだ」

「でも、わたしはあなたを憎んでなんかいないわ。本当よ。あなたを見て、ある人を思い出したの。前にわたしをひどく傷つけた人を」

マットは大きなため息をついた。腕を握り締めている指から、徐々に力が抜けていく。「なるほど、そういうわけか。ああ、わかったよ」

「いいえ、あなたにはわからないわ。わかるはずないのよ」

マットはクレアの手からスポンジをもぎとって放《ほう》り投げると、彼女を抱き寄せてそっと唇を重ねた。ゆっくりと、どんな世慣れた女性でも抵抗できないような巧みな口づけを続ける。

クレアは抵抗しようともしなかった。できなかったのだ。相手がすぐに屈伏したのに気づいて、マットは身を震わせながら低い声をあげた。彼は髪を撫《な》でながらクレアの頭を後ろへ引き、さらに激しく唇を奪った。クレアの体中を熱い炎の矢が駆け抜けていく。こめかみのあたりがどきどきと脈打っているのがわかる。

クレアの喉から絞り出すような声がもれた。

とっさにマットは唇を離し、ぼんやりした目に物問いたげな表情を浮かべた。彼女が苦痛を感じていると誤解したらしい。彼はわたしに抵抗するチャンスを与えようとしているのかもしれない。だが、情熱の火がついた五感が叫んだ——深く考えちゃだめ。考えてはだめよ！　お願いだからやめないで！

すばやくクレアは彼の唇を引き戻して、自分の唇に重ねた。マットの首に腕を巻きつけて、胸のふくらみを押しつける。さらに、あとで思い出すと顔から火が出るほど情熱的に、自分から唇を求めた。

マットはすでにシャツを脱ぎ捨てている。二人はキスをしたままソファにたどり着いた。まず最初に彼が腰を下ろしてから、クレアを引き寄せて自分の上に乗せた。二人の唇はまだ離れない。マットの手は彼女の髪から離れて、当てもなく背中を動き回った。乱れたウエーブが垂れ下がって、二人の顔にかかる。息ができずに頭がくらくらしてきたので、クレアはしぶしぶ身を引いて苦しげにあえいだ。

「クレア、ああクレア……」マットは彼女の髪を撫で上げ、腫《は》れ上がった唇にそっと唇を寄せる。「きみと愛し合いたい。愛し合おう」クレアを抱いたまま上体を起こした。「ドレスを脱ごうよ」慣れた手つきでドレスのジッパーをはずし、彼女の押し殺した抗議の声にもそしらぬ顔をした。

「だめよ、マット」ブラジャーを取り去られたとき、ようやくクレアはくぐもった声で言った。しかし、彼女の胸はそれが嘘だと証明している。彼の手に触れられるとふくらみは震え、てのひらに包み込まれるとぴんと張りつめ、唇にも触れてほしいと訴えている。やがて彼女はどうでもよくなった。まるで血管の中を欲望という名の血液が駆け巡っているかのようだ。頭がくらくらし、体中が燃えるように熱くなる。ラグの上に寝かされ残りの衣類を脱がされても、もう異議は唱えなかった。素肌に触れる彼の手の感触はすばらしい。ああ、彼はすばらしいわ。

突然、マットが手を止めた。クレアは口を開けて荒い息をした。

「何？　どうかしたの？　どうしてやめたの？」

マットは首を振っている。「できないよ、クレア。ここに避妊するものがないのなら……」

クレアは彼を見つめた。こめかみがまだ脈打っている。

「近ごろは危険が大きすぎるからね。すまなかった。ここまでするつもりはなかったんだ。ちょっと頭に血が上って……」

クレアは大きく目を見開いた。ああ、ちょっと頭に血が上ったですって？　わたしの頭はごちゃごちゃになっていたというのに！　どうして避妊具のことを思いつかなかったのかしら？　長年バンガラータ以外の土地に住んでいたのだから、一時の情熱に駆られて無防備なセックスをするのは危険だということぐらい、わかっているはずでしょう。

　たちまちクレアは激しい自己嫌悪に襲われた。真っ赤に染まった顔をしかめながらマットから離れ、脱ぎ捨てた衣類を急いで拾い上げた。ベッドルームに飛び込むと、大きな音をたててドアを閉めてそこにもたれ、震えながらドレスを抱き締めた。

　力強いノックの音に、クレアはさっと体を回した。

「帰って。いいから、帰ってちょうだい」

「ばかなことを言うんじゃない。ぼくはどこへも行かないよ。さあ、何か着て、出ておいで。話がしたいんだ」

「いやよ」

「クレア、きみのベッドルームには錠がない。簡単に入っていけるんだよ。さあ、どうする？」

「あの……出るわ」

「よし。早くしてくれ。もうだいぶ遅いからね」

　ありったけの勇気をかき集めてなんとか落ち着きを取り戻すと、クレアは暖かなガウンを着て、くしゃくしゃになった髪をとかしてから勢いよくドアを開けた。ところが、上半身裸のマットが落ち着き払ってシャツを着ようとしているのを見た瞬間、とんでもない状況になっていたかもしれないことを、そして自分が今でも男性に対して隙《すき》があることを痛感した。

　クレアのうめき声を聞いてマットは振り返り、ブルーの瞳で打ちひしがれた顔を見た。「ああ、ハニー」表情を和らげて近づき、ふたたびクレアを抱き寄せた。彼女からの文句は返ってこない。「この世の終わりというわけじゃあるまいし。また別な機会があるさ。そのときは世界中の避妊具を全部持ってくるよ。約束する」

　クレアは身をよじって彼の腕から離れた。大きく見開いたグレーの目には驚きが表れている。マットはこれを自分の性生活のちょっとした不都合ぐらいにしか思っていないのだ。「つまり別なときが、別な何かがあるってことなの！　もう帰って」

「どうしたんだ？　あんなにもすぐに夢中になったことに驚いているのかい？　それとも、夢中になった相手がぼくだったことに驚いているのか？」

「わ、わたし……」クレアの顎の先が震え、目に涙が込み上げてきた。ああ、わたしは今まで以上にばかな真似《まね》をしようとしている。

　ふたたびマットは彼女を抱き寄せたが、今度もまた彼女は異議を唱えることができなかった。

「何がいけないのか話してくれないか？　頼むよ」

　クレアは目を上げて、涙に濡れたまつげの間から気遣わしげなブルーの瞳を見た。マットが悪いのではない。彼が悪いと言いたいけれど、彼がどんなタイプの人間かというのは初めからわかっていた。エゴイスト。冷酷無比。略奪者。デイビッドと同類よ。

「なんでもないの」クレアはまた彼から離れてキッチンへ行き、冷蔵庫の上の箱からティッシュペーパーを何枚も取った。彼女がはなをかんで戻っていくと、マットはジャケットを着ていた。

「ねえ、クレア」彼は悲しげな目つきで見た。「さっき、きみの場合は例外だと言ったのは本気じゃないんだ。ぼくにはこういうことをする習慣はない。きみもそうなんだろう。あとでこんなにショックを受けているところを見ると」

「ええ」

「ぼくに安っぽい女だと思われていやしないかと心配しているなら、そんなことはない。きみは特別な女性だよ。もっとよく知りたい女性だ」

マットは本気でこんなことを言っているのかしら？　わたしは、失敗に終わった一夜かぎりの情事の相手にすぎないんでしょう？　明日になれば彼はシドニーへ帰り、ドクター・エイドリアン・アーチャーを演じる生活に戻る。そして、わたしは二度と彼に会うことはない。

「そろそろ行くよ」マットは身をかがめてクレアの頬に軽くキスした。「それじゃ、また明日」

「明日はシドニーに戻るんでしょう？」

「夕方の便を予約してあるんだ。きみのお母さんがぼくとビルを昼食に招待してくれたんだよ。知らなかったのかい？」

「ええ」

「お母さんはきみも来ると思っているようだよ」

「毎週日曜日には食事をしに行くことになっているから」

「それじゃ、そのときに。それからクレア……」

「えっ？」

「きみはとってもおいしかったよ」マットはそっと唇にキスした。一度ならず、二度までも。「それじゃ、また明日」そのあと短く笑った。「もう今日だね」

マットは階段を下りて暗がりに止まっている車に乗り込み、ちょっと手を振ってから走り去った。しばらくの間、クレアはだれもいない通りを見つめていた。

やがて、ようやくゆっくりと向きを変えた。彼女はソファや汚れたグラスを眺め、最後に壁にかかっている絵に目を留めた。その絵は彼女を嘲笑《あざわら》っているかのようだ。昨日の夕方誓ったことが脳裏によみがえった。まったくお笑いぐさだわ！

頭の中を言葉がぐるぐる回り続ける――マットの言った言葉が。〝きみを安っぽい女だなんて思っていない。きみは特別な女性だ。きみはとってもおいしかったよ〟

魅力的で調子のよい、お世辞を並べたてた言葉。わたしを誘惑するための、ベッドに誘い込むための言葉だわ。けれど、愛の言葉ではない。

デイビッドは愛という言葉をよく使った。ひっきりなしに。けれど、わたしをベッドに誘うには、かなりデートを重ねなくてはならなかった。

マットはデイビッドが何カ月もかけて到達した時点よりもっと先へ、たった数時間で進んだんだわ。これはマットの腕が優れているせいなのかしら？それとも、わたしが満たされない生活を送っているせい？クレアは今二十七歳だが、もう二年以上も男性とベッドをともにしていない。しかし、愛し合うことは好きだったし、あのころはデイビッドに負けないくらい求めた。けれど、実際の肉体の交わりは期待はずれに終わることがよくあった。

今夜、マットとベッドをともにしたら、期待はずれに終わることはなかっただろう。一糸まとわぬ姿にされたときは、彼と一つになりたいという衝動が強すぎて怖いくらいだった。ああ、とうとうわたしはマットに対する欲望の虜《とりこ》になってしまった。

しかも、彼はそれを知っている。

明日のことを考えるとたまらなくなり、クレアは苦しげな声をあげた。両親の家の食卓でわたしは不安に駆られ、マットは自信に満ちた目で冷ややかにわたしを見つめる。そして、ビルはしたり顔でにやにや笑うのだろう。

ああ、どうしよう。そんなことを想像するだけでぞっとする。なんとか食事に行かなくてもすむ方法を見つけなくては。絶対に見つけなくては！

4

ベッドルームにあふれる明るい陽光に気づいて、クレアは目を覚ました。かすむ目でベッド脇《わき》の時計を見ると、十一時二十五分過ぎだった。あわててベッドから這《は》い出し、半分眠ったままよろよろとバスルームへ向かう。

湯気の立つ熱いシャワーを浴びると、体が完全に目覚め、記憶が戻ってきた。ああ、あれはみんな本当に起こったことなのかしら？　もちろん、本当に起こったことよ！

意気消沈したクレアは二度目のうめき声をあげた。もしマットが完全に冷静さを失っていたら、今朝は最悪の状況になっていたかもしれない。

あんなことになったのに、マットはまたわたしと会いたいと言う。彼が、軽い気持で女性とつき合うタイプだということは明白だ。わたしのことをベッドの相手としては魅力的だと思っても、恋愛の対象とは見なしていないのだ。

クレアはシャワーを止めてタオルを取り、肌が真っ赤になるほど強く体を拭《ふ》いた。目を上げてバスルームの鏡を見た瞬間、自分の行動に怒りがあふれているのに気づいて手を止め、浴槽の端に腰を下ろした。

胸の中はみじめさと苦しさでいっぱいだった。もしそのとき電話が鳴らなかったら、しゃがみ込んで泣き出していただろう。ため息をつきながらタオルを体に巻きつけ、ベッドルームに戻った。電話は母からに違いない。どうしてまだ家に着かないのか、不思議に思ってかけてきたのだろう。

「ママでしょう？」クレアは電話口で言った。

アグネス・プライドの耳障りな声が聞こえてきた。

「いったい何をしてるの、クレア？　もうお昼近くよ。お客さまはとっくに見えているわ。マットをお食事に招待したことは知ってるそうじゃない。昨日の夜、あなたに話したと言っていらしたから」

「ちょうど電話しようとしていたところなのよ。悪いけど、車の調子が悪くて。わたしには直せそうもないわ」

「ああ、それは困ったね！」母親の背後から低い不《ふ》明瞭《めいりょう》な声が聞こえてきた。

「心配しなくていいわ」母親が明るい声でふたたび話し始めた。「マットが迎えに行ってくださるそうよ。二十分で着くでしょう。支度をしてワンピースを着ていなさい！」

「でも、ママ……」しかし、もう遅い。電話は切れていた。「なんてこと！」クレアは毒づいた。いかにもママらしい態度ね。絶対にノーという返事は受け入れないのだ。

　どうにも怒りのおさまらないクレアは、一番みっともないジーンズをはいた。体にぴったりしているだけでなく、裾《すそ》がぼろぼろになっている。さらに、前に母親から似合わないと言われたグリーンのシルクのブラウスを引っ張り出した。最後には髪にブラシをかけ、ぼさぼさの髪が滝のように流れ落ちて肩にかかるようにした。

　十九分後、クレアは裏手の階段を下りて、マットのレンタカーのベンツのほうへ歩いていった。だが、むしゃくしゃした気分は少しもおさまらない。怒ったような歩き方にも眼光の鋭さにも、クレアの気持がはっきりと表れていた。

「きみの計画をだいなしにしたかな？」彼女が助手席に乗り込むと、マットはからかった。

　クレアは厳しいまなざしを向けた。今日のマットは色褪《いろあ》せたジーンズにロイヤルブルーのTシャツ姿というくつろいだ格好だったが、それがまたクレアの気持を逆撫《さかな》でした。

「どんな計画？」クレアはかみつくように言った。

「何がなんでもぼくを避けようという計画さ」

「なんの話かわからないわ」

「いや、わかってるはずだよ、スイートハート！」

車は加速して通りを走っていく。

「わたしはあなたのスイートハートじゃないわ」

「そんなことより、きみの車はどこも故障していないんだろう？」車は幹線道路に入った。「ぼくに会いたくなかっただけなんだ」

クレアは返事をせずに、サイドウィンドウからぼんやり外を見つめた。

「ああ、まったくしょうのない人だな！　いっそ、ゆうべの出来事はなかったことにしようか？　そうすれば機嫌を直してくれるかな？　僕にとってはたいしたことじゃなかったんだよ。でも、きみが本当に後悔しているなら、もうこれからはかわいそうな男を困らせようとはしないだろう」

クレアは勢いよく首を回して彼をにらんだ。「おかしなことを言わないで！　わたしは何もしていないでしょう」

「そうかな？」マットはハンドルを切って川沿いの道に入り、車のスピードを上げた。「ちょっと自分の格好を見てごらん。ぴっちりしたジーンズをはいて、おまけにノーブラだし、髪はたった今恋人のベッドから出てきたばかりという感じだ。きみは思わせぶりな女性だね、クレア。昨日の夜あんなに動揺していたのは、だれかがついにきみのはったりを見破ったからじゃないのかな」

「憎らしい人ね！　あなたのためにこんな格好をしたんじゃないのはよくわかっているくせに」

「それなら、どうして？」

「母を怒らせるためよ！」

マットは声をあげて笑った。「だけど、もう怒らせているじゃないか、スイートハート。家に姿を現さないでね。ああ、わかってるよ。きみはぼくのスイートハートじゃなかったね、今はまだ」

「あら、うぬぼれてるわ！　でも、すれっからしの都会人でうぬぼれてない人なんていないわね」

「わかってるんだね」

「いやっていうほど」

「少しは恋愛経験があるから？」

「あなたほど多くはないわ、ミスター・ワンダフル。あなたのプレイボーイぶりは有名よ」

「まさかこんな遠くまで新聞が届くなんて言うんじゃないだろう？」

「テレビだってあるのよ。それに、有名なテレビスターだってやってくるわ」

ブルーの瞳が冷たく光った。「だとしたら、そのスターはベッドの相手を連れてくる必要はないね。ここにはちゃんと用意されているんだから！」

クレアは怒り、マットの体を叩《たた》いた。腕や肩や頭を何度も叩き続けたので、彼はまともに運転できなくなった。車は横滑りして、勾配《こうばい》の急な川堤へ近づいていく。

「やめるんだ、クレア、やめてくれ！」マットは懸命に車の体勢を立て直そうとした。さらさらした土の上でブレーキをかけるのは危険だが、ようやく鋭い音をたてて車は道路の端に止まった。

二人は顔を見合わせた。互いの目には怒りの炎が燃え、呼吸が荒くなっている。

「何をするんだ！　もう少しで二人とも死ぬところだったじゃないか」

ことの重大さに初めて気づき、クレアはショックを受けて座席にもたれた。さらに、震える手を上げて顔をおおい、低いうめき声をあげた。

「だいじょうぶだよ、クレア」マットはやさしく言ったものの、彼女に触れようとはしない。「だいじょうぶさ、何も被害はなかった。危機一髪だったが、無事なことには変わりはないよ」

「だいじょうぶじゃないわ」クレアは押し殺した泣き声で答えた。

「そんなに自分に辛《つら》く当たらなくていい。それから、人生をあまり深刻に考えるんじゃない。疲れるよ」

クレアは手を下ろし、大きく目を見開いてマットを見つめた。

「何を悩んでいるのか、話してくれないか」

「恥ずかしいのよ。ゆうべ、あんなふうに我を忘れた自分が恥ずかしいの。きっとあなたには、どんなことをされても許したでしょうから」マットが息を吸い込む音が聞こえた。驚くべき告白にショックを受けたようだ。クレアは顔をそむけ、握り締めた拳《こぶし》を震える唇に押し当てた。「自分でも、どうしてあんなふうになったのかわからないの」

「どんなことでも許したとは思わないな」マットの言い方はそっけない。「本当のところ、きみは男が欲しかったんだ。ぼくはたまたまあの場にいただけさ」

「そんなこと言わないで！」クレアはさっと振り返った。「そんなの、信じないわ！」

「信じられないのか？ それとも、信じたくないのかい？」マットは笑顔を見せた。「とはいえ、きみがむきになって否定するのはいやじゃないけどね。きみにとって僕が特別だったと考えるほうが楽しいよ」

〝ええ、あなたは特別よ！〟と危うく口に出しそうになったが、クレアは唇を噛《か》んで必死にこらえた。特別な人なんかじゃないわ。そうでしょう？

「どうしたの？ 愛の告白はなしかい？」

クレアは黙っていた。

「よし。きみは、自分の気持に正直になってきたようだね。たとえ淑女であっても、恋愛感情抜きにベッドを共にしてはいけないってきまりはないんだよ。それに気がつくのに二十七年もかかったなんて驚きだ。さあ、お母さんに会ったら笑顔を見せるんだよ。そうすれば、みんなが楽しい一日を送れる」マットはふたたび車をスタートさせた。

「ママになんて言ったの？　ゆうべのことだけど」クレアは心配そうにきいた。

「何も」

「それじゃ、あなたが食事に招かれてるって、いつわたしに伝えたことになってるの？」

「タウンホールで話したと言っただけさ。なにしろ、お母さんから招待を受けたのはきみが帰る前だったからね」

「まあ……」

「それじゃ、休戦にするかい？」

クレアはため息をついた。「いいわ」

やがて車はクレアの両親の家に着いた。

「かわいいブラウスだね」父親は助手席側へ回り、彼女に手を貸して車から降ろした。「それに、パパは髪を垂らしているほうが好きだよ」

やさしいパパ。そう思いながらクレアは父親の頬にキスした。

クレアの母はめかし込んで玄関前の階段を下りてきた。そして、クレアの服装をチェックした。非難に満ちた目がすべてを物語っている。「いったいどこへ行ったのか心配していたところよ。ひょっとして、マットが道に迷ったのではないかと思ったわ」

「あなたの教え方が的確だったから、全然迷いませんでしたよ、アグネス」マットは顔をほころばせながらアグネスの肘をつかんだ。

「みんなのところへ行ったほうがよさそうね」アグネスは片腕をマットと組み、もう片方は夫に預けて裏庭へ通じる小道を歩いていった。クレアもそのあとに続いたが、緊張で胃がきりきりと痛くなった。

　プライド農場は本来の意味での農場ではない。いわば道楽でやっているようなものだ。三十エーカーほどの土地は緩やかに隆起して、中央の小高い丘に旧式な家が建っている。裏手に広がる牧草地は徐々に傾斜して川へと続く。十一月の今ごろになると、芝生は枯れた冬草と芽生えたばかりの春草で斑《まだら》になっていた。

　数年前、クレアの父親は裏手のベランダのそばにすばらしいバーベキュー用の設備をつくったが、それを使うことはめったになかった。母親が〝焦げた〟ステーキが好きではなかったのだ。それなのに今日は、バーベキューの煙が上がっており、屋外のテーブルにサラダの容器が並んでいる。それを見て、クレアはびっくりした。エプロンをかけたビルがサマンサを手伝い、ビールの缶を片手に焼き網の上のステーキを引っくり返している。

「ちょうどいいときに来ましたね」ビルはクレアにも快くほほ笑みかけた。「ステーキが焼けたところですよ」

「お皿を取りに行ってちょうだい、クレア」母親は命じた。「あなたはパンを取ってきて、サマンサ。ジム、ワインを開けてくださる？」

　みながアグネスの指示に従い、すぐさま食事が始まった。

　このときばかりはクレアも母親のおしゃべりな性格に感謝した。アグネス・プライドは一瞬たりとも会話が低調になるのを許さないのだ。おかげで、一同が気まずい沈黙に陥ることはまったくなかった。

　食事中に一度、隣に座っているマットの腿がクレアの脚に触れた。彼女は少し体を動かして彼から離れ、急に速くなった胸の鼓動を、あわてて静めた。しかし、マットの片手が静かに近づいて彼女の右膝の上に載ったときには、心臓が止まりそうになった。

クレアは息を殺し、少し向きを変えてマットに冷たい笑みを投げた。彼は眉を上げて手をどかした。

「クレアは『ブッシュ・ドクター』に夢中なのよ」一同がコーヒーを飲みながらくつろいでいるとき、サマンサが言った。「絶対に見逃さないの」

マットはにっこりした。「そうなのかい？　知らなかったよ」

　クレアは鋭い目つきで妹を見たが、サマンサはぷいとそっぽを向いて続けた。「わたしはそれほどの大ファンじゃないわ。あのドラマに出てる人はみんな年寄りで、うんざりするほどいい人ばかりなんですもの」

「サマンサ！」母親が叱《しか》りつけた。「失礼ですよ」

「失礼なことなんか言ってないわ」サマンサはいたずらっぽい口調で言い返した。「本当のことを言っているだけよ」

「サマンサ」父親がやさしく諭す。「本当のことを言うのと失礼なことを言うのは紙一重なんだよ。人の気持を傷つけない如才なさは、だれもが身につけたいと願う美徳なんだ」

　少しの間気まずい沈黙が流れたが、ビルが咳払《せきばら》いをして急に立ち上がった。「ごちそうさまでした、ミセス・プライド。何件か電話をしなければならないところがあるので、ホテルに戻らなくてはなりません。どうか立たずにそのままで。出口はわかっていますから。マット、五時に迎えに来ますよ。ここからまっすぐダボ空港へ行きましょう」

　ビルが帰ると、女性たちはテーブルを片づけ始めた。クレアは責任を感じて母親の食器洗いを手伝った。サマンサは友達のところへ追い払われ、ジムは切手のコレクションを見せるためにマットを自室へ連れていった。

「どうしてここまで来るのにあんなに時間がかかったの？」男性三人がいなくなるや、アグネスはクレアを問いつめた。

「そんなにかかったかしら？　マットの運転の仕方はかなりゆっくりだったわ。この辺の道に慣れていないからでしょう」

「マットは本当にあなたを気に入っているようね。どうして今日はワンピースを着てこなかったの？　昨日の夜はとってもすてきだったのに。本当にわたしも鼻が高かったわ」

　クレアはもう少しで拭いている皿を落としそうになった。思いがけない褒め言葉にうろたえてしまったのだ。そのとき、父親とマットがキッチンに戻ってきたのでほっとした。

「マットと一緒に川のほうまで散歩したらどうだね、クレア？　マットは昼食のあとに散歩をするのが好きなんだそうだ。わたしが連れていきたいんだが、今日は座骨神経痛が出ているものでね」

「行ってらっしゃい、クレア」母親が促した。「ここはわたしが片づけておくわ」

　クレアはあきらめて布巾《ふきん》で手を拭き、マットに向かってやさしくほほ笑んだ。「行きましょう」

　裏口から外へ出るなりマットが言った。「とってもやさしい笑顔だったね。あれは本心から出た笑顔かな？　それとも、散歩以外のことはつき合わないという忠告の意味？」

「あら、ミスター・シェフィールド、なんてひねくれた見方をするのかしら！　休戦協定はどうしたの？」

「冷戦状態のときのほうが、まだ居心地がよかったよ」

「食事中の態度が礼儀に反していたなんて気がつかなかったわ」

「いや、十分礼儀正しかったよ。これ以上ないっていうくらいにね」

「あなたがテーブルの下でこっそり腿を押しつけて

きたのに応《こた》えなかったからといって……」

「気がついていたんだね？」

「あら、とんでもない！　全然気がつかなかったわ。あなたがわたしの脚を撫で回したのも」

二人は丘を半分ほど下りたところにいた。もう家は見えない。マットはいきなりクレアの手を取り、彼女を引っ張って斜面を下り始めた。一度も立ち止まらずに下り、川岸にある林に着くと、大きな幹に彼女の背中を押しつけた。

二人は息を切らしながら向かい合った。マットはクレアに体をぴったりとつけ、彼女の両脇の樹皮に手をついた。欲望のみなぎる目を見れば、彼が何をしようとしているのかは一目瞭然《りょうぜん》だ。

「だめ、マット」クレアはしわがれ声で言った。

「クレア、いいだろう？」マットはクレアの唇にキスした。さらに、鼻やまぶたに。それから彼女の髪をかき上げて、耳にも熱い口づけを続ける。

「やめて！」クレアは身をよじって彼から離れた。

マットは大きく目を開いて彼女を見つめる。「どうして？　きみは経験者だろう、クレア。恥ずかしがり屋のバージンじゃない。だから、もう一度きくよ。どうしてだめなんだ？」

「よくないことだからよ」

「どうして？」

「わたしを愛していないから」

突然、明るいブルーの瞳に激しい怒りが燃えた。

「それじゃ、ぼくが愛していると言ったら、何も問題はなくなるのかい？」

「とんでもない！　あなたが本気でそんなことを言うはずないもの」

「どうしてわかる？」

「ばかなこと言わないで！　今あなたが言ったように、わたしはうぶなバージンじゃないわ。だから、あなたが愛していないことぐらいわかるのよ」

マットの目つきが険悪になった。「どちらの問題についても言い争うつもりはないよ。だけど、そんなことにどれほどの意味があるのかわからないな。ぼくにとってバージンなんか、なんの魅力もない。それから、愛しているかどうかがとても重要な問題だと考えたこともないんだ。愛という言葉は過大評価されすぎていると思うよ。男女の間で大切なのは、好意とか尊敬とか情熱といったことなんじゃないかい？」

ブルーの瞳から険悪な表情が消え、いとおしそうにクレアの顔を見つめた。マットは片手を伸ばし、彼女の額から頬、唇へとやさしく愛撫《あいぶ》する。

「好きだよ、クレア。きみはすばらしい。きみに対する情熱はだれにも負けないよ」

彼の指が唇に触れた瞬間、クレアの体はかっと熱くなった。だが、すぐに彼女は自分を取り戻した。

「あら、そう？　でも、わたしは納得してないわ。あなたはただ調子のいい言葉を並べて、わたしを喜ばせようとしているだけよ。これだけははっきりさせておくわ。わたしはあなたのベッドの相手をするつもりはありませんからね。ポケットいっぱいの避妊具を持っていたとしても、返事はノーよ」

「避妊具なんか持ってきていないよ。ああ、どうしてぼくたちはいつも言い争わなくてはいけないんだ？」

「あなたが聞き分けがないからよ。あなたは自分の思いどおりにしたいだけなの。あなたがどんなタイプの人間か、よくわかっているわ。前のボーイフレンドとそっくりなんですもの」

マットは鋭い目つきでにらみつけた。「それなんだな？　ぼくはほかの男のせいで非難されなければならないのか。ああ、そのろくでなしを殺してやりたいよ！　いったいどんな男なんだ？　名前は？」

クレアは返事をしない。

「俳優だったのか？　きっとそうだろう。そうでなければ、きみがこんなに俳優を嫌うはずがない。ぼくの知っているやつかい？」

「もう忘れてちょうだい、マット。お願い。すべて終わったことだから」

「終わってなんかいないよ。今でもきみを悩ませているじゃないか」

「だったら、どうだっていうの？」

「今でもその男を愛しているのか？」

クレアは苦しげにつばをのんだ。「どうしてそんなことを気にするの？　愛なんて言葉は信じていないくせに！」

「いったい、きみはどういうふうに扱われたら喜ぶんだい？」マットは彼女の手をつかんで木の陰から引っ張り出した。「もう帰ろう。さあ、早く！」

「どうして？」

「このままここにいたら、きみに手を出さずにいられなくなるからさ」

「つまり、わたしを傷つけるという意味？」

マットは立ち止まって彼女をにらみつけた。「死にもの狂いで情熱をぶつけることを傷つけると言うのなら、返事はイエスだ！」

クレアは息をのんだ。

「だけど、もう一つ言わせてくれ、ミス・クレア・プライド。きみがどう思おうと、ぼくはきみが好きだ。今日という日が終わったからといって、ぼくの声を聞かずにすむとは思わないでくれ。ああ、そうとも。そう簡単にぼくを追い払うことはできないからな！」

5

「クレア、電話よ。長距離みたい」

言いようのない不安を感じながら、クレアは薬局のカウンターから顔を上げた。あれから一週間近くたつけれど、マットからの連絡はまったくなかった。電話もかからなければ、手紙も届かない。

マットから情熱的な告白を受けたものの、最初のうちクレアは、もう連絡してこないでほしいと願っていた。しかし、まどろっこしいほどゆっくりと時が流れて、なんの知らせも来ない日が続くと、深い失望感に襲われた。もう一度マットに会いたい。たとえその再会がどんなに危険でも、どんなにむなしくてもかまわないから。

「長距離だって言ったでしょう」サリーは、まだ立ち上がろうともしないクレアを不思議そうに見てから、受話器を置いてその場から離れた。

クレアはもう少しでスツールを引っくり返しそうになりながらあわてて立ち上がり、電話のほうへ急いだ。そして、何気ないふうを装って受話器を取り上げた。「クレア・プライドです」

「ミス・プライド、ビル・マーシャルです。今朝マットから電話があって、あなたに連絡をとってほしいと頼まれましてね。彼は今週ずっとロケなんです。昨日あなたの家に電話をかけたところ、留守だったそうですね」

クレアは悔しそうな声をもらした。昨夜は何カ月ぶりかで外出したのだが、たまたまそんなときにマットが電話をかけてくるなんて。

「友達のところでテニスをしていて、遅くまで帰らなかったんです」クレアは思わず説明してしまってから、そんな必要はないことに気づいた。

「今夜はいかがです？」ビルの話し方は、いらいらするほど人当たりがよい。「今夜は家にいらっしゃいますか？」

　有名人のマット・シェフィールドが電話をくれた場合に備えて、家から一歩も出ずに待っているような印象は与えたくない。「今夜も出かける予定なんです」クレアのそっけない言い方を耳にして、サリーが不思議そうな顔をした。

　運よく、たった一人残っていた客が店を出ていったので、この話を聞いている者はほかにはいない。バンガラータでは噂《うわさ》が伝わるのがとても早く、しかもどんどん話が大きくなる傾向があるのだ。

「何時にアパートを出るんですか？」ビルはしつこくきいた。

「八時ごろですけど」

「マットにそう伝えておきます。それじゃ、また、ミス・プライド」

　クレアは胸を締めつけられるような思いがした。マットの電話番号をきくチャンスもないまま、電話を切られてしまった。

　でも、わたしは本当に彼の電話番号を知りたかったのかしら？　わかったらどうするつもり？　彼に電話をかけて、なんて言うつもりなの？

「だいじょうぶ、クレア？」

　クレアが我に返ると、目の前にいるサリーの心配そうな顔が見えた。その場に立ちつくし、切れた電話の受話器をつかんだまま独り言を言っていたことに気づくと、クレアはひどくばつの悪い思いをした。すかさず笑顔をつくって受話器を置く。

「まったく男っていうのはどうしようもないわ！」クレアは腹立たしげに言った。この言葉が、サリーの興味深げな瞳から問いかけられてくる無数の疑問に答えてくれているといいんだけど。

二十三歳のサリーは、うだつの上がらない農業経営者と結婚している。クレアのただ一人のアシスタントで、頭がよく親切で思いやりもあるが、大のゴシップ好きなのだ。

「どんな男性なの？」サリーがうずうずしながらきいたので、クレアは用心深く答えた。

「シドニーにいたころのボーイフレンドよ」クレアは必死で話をでっち上げた。「もう何年も会っていなかったんだけれど、昨日の夜、急にわたしの様子を知りたくなったんですって。でも、電話をかけてきたとき、わたしが家にいなかったから怒ってしまったのよ。なんてむちゃな話なのかしら！　正直に言って、うるさくつきまとわれたくないの。だから、今夜もまた出かけるって言ったのよ。わたしの気持を察してくれるといいんだけれど」

「あら、それじゃ、本当は今夜は出かけないのね。一瞬、わたしの知らない秘密のボーイフレンドができたのかと思ったわ」

　クレアは笑った。「だれに？　わたしに？」

「だって、この前の夜はとってもすてきだったじゃないの。あんなあなたを見たら、どこかの男性が夢中になったとしても無理はないわ。ジョンなんかずっとあなたを見つめていたわよ」

「みんなが見ていたのは主賓だったでしょう」

「それは女性だけ。男の人たちの目はあなたに釘《くぎ》づけだったわ！　毎日あんな格好をしないほうがいいわよ。さもないと、この町の全女性から嫉妬《しっと》の目で見られるから」

「ここに来て、今日のわたしを見たらいいわ。そうすれば嫉妬なんかしないでしょう。こんなに目の下がたるんで」

「疲れているようね。熟睡できなかったの？」

「実は、そうなの」

「睡眠薬でものんだら？」サリーが勧めた。

「そんなメリーゴーラウンドに乗るような真似《まね》はしたくないわ。ありがとう」

　クレアは急に意気消沈した。マット・シェフィールドのような男性とつき合うのは、たとえ束《つか》の間《ま》であっても、メリーゴーラウンドに乗るようなものだ。いつまでたっても、どこにもたどり着かない。最後には胃がおかしくなるだけだ。気をつけないと、心までおかしくなるだろう。わたしは本気であの人に惹《ひ》かれている。わたしにとって、本気で惹かれることと愛していることの間にそれほど距離はない。ほんの一歩で越えられる距離だけれど、その一歩を踏み出したくはない。

　クレアは仕事に戻り、今夜マットが電話をかけてきたらそのことをはっきり言おうと心に誓った。

　その夜七時少し前に電話が鳴った。店を閉めてアパートに戻ってから一時間以上過ぎたが、その間何も手につかなかった。時間がたつにつれて不安がつのり、ようやく電話のベルが鳴ったときには、一日がかりで固めた決意はあっという間に消え去った。代わりに安堵《あんど》感と幸福感が広がり、早く彼の声が聞きたくてベッドルームへ飛んでいった。

「クレアかい？」

　期待を裏切られ、クレアはベッドの端にどすんと腰を下ろした。「ええ、パパ。わたしよ」

「実は、昼間電話をするつもりでいたんだが、すっかり忘れてしまってね。昨日マットがうちの銀行に電話をかけてきて、おまえのアパートの電話番号を知りたいと言ったんだよ。電話帳には載っていないからね。おまえはかまわないと思ったから、教えたよ。マットは電話をしてきたかい？」

「ええ、してきたわ」一から説明するよりも、このほうが簡単だ。

「マットはおまえにお熱のようだね、クレア。どうにかなりそうなのかい？」

「いいえ。だから、ママには何も言わないで。まだ言っていないでしょうね？」

「わたしはそんなにばかじゃないよ。でも、マットのことは残念だな。本当にいい男なのに」

「あの人は俳優よ」

「だから？　それがどうしたと言うんだね？」

　クレアはため息をついた。「別に」

「表紙だけで本の中身を判断してはいけないよ。さあ、そろそろ行かなくては。夕食の用意ができたようだ。それじゃ、また日曜日に」

　クレアは頭を振りながら受話器を置いた。リビングルームを通りながら、マットは本当に電話をかけてくるのだろうかと考えていたとき、裏口を叩《たた》く音が聞こえた。今ごろいったいだれだろう？　不思議に思いながら戸口へ行ったが、ドアを開けたとたん、驚きのあまり息をのんだ。「マット！」

「正真正銘のぼくさ」

　たしかにマットだった。ほほ笑みをたたえたハンサムな顔、輝くブルーの瞳、均整のとれた体。今日の彼はチャコールグレーのズボンをはき、ブルーのシャツに淡いグレーのジャケットを着ている。

「でも……」

「やっぱり出かけないようだね」マットは彼女のみすぼらしいジーンズ姿を見てから、化粧をしていない顔と無造作にまとめた髪へ視線を戻した。

　たちまちクレアはピンをはずして髪を下ろしたい衝動に駆られ、指がうずき始めた。実用的な白いブラウスを脱ぎ捨ててセクシーなものに着替えたい。

　しかし、狼狽《ろうばい》したグレーの瞳が、おもしろがっているようなブルーの瞳と合ったとき、クレアは悲しい気持になった。マットはこんなふうにわたしを変える力を持っている。彼を前にすると、わたしは自分が女であることをいやというほど意識してしまう。待って、待って、待ち続ける女だと。

マットに図星を指され、かっとなったクレアは、必死で冷静を装いながら言った。「ええ、とりやめになったのよ」

急に彼女の口調が変わったので、マットの眉がかすかに上がった。「それじゃ、入ってもいい？」

「そうね」クレアが体を引くと、彼は中に入った。マットが振り返ったとき、彼女は物問いたげな視線を向けた。「たしか電話をくれるはずじゃなかったかしら？　わたしが出かけていると思っていたなら、どうしてこんなところにいるの？」

マットはちゃめっけたっぷりに笑った。「すぐ近くにいたと言ったら、信じるかい？」

「とても無理ね」

「じゃあ、電話をするつもりだったが、急にきみに会わずにいられなくなったと言ったら、信じる？」

「本当かしら？　電話を一回かければ十分だったのに。飛行機はひどく高くつくでしょう。それとも、マネージャーのビルは、こんな小旅行なら経費で落としてくれるのかしら？」

マットの顔から笑みが消えた。「なるほど、振り出しに戻ろうって言うんだね？」

「振り出し？」

「ぼくの言いたいことはよくわかっているだろう。それから、今は言葉遊びをしたい気分じゃないんだ。参考までに言っておくけど、ぼくは正規の航空運賃を自分で払った。もちろん、レンタカーの料金もね。しかも、もっとましな迎え方をしてもらえるものと期待していたんだよ」

「あら、どうしてそんなことを期待するの？　この前の日曜日に言ったでしょう。わたしはその場かぎりの関係を持つ気はないって。人の話をもっとちゃんと聞くようにしなくてはいけないわ、マット。ノーが本当にノーを意味する場合もあるのよ。女性の口からノーという言葉が出ると、あなたには聞こえない場合が多いようだけど」

「ああ、それにしてもよくしゃべるなあ」マットはリビングルームへ入り、肘掛け椅子に座り込んだ。ふたたび目が合ったとき、驚いたことに彼の顔に笑みが戻っていた。

「ねえ、教えて。何がそんなにおかしいの？」

「きみだよ、クレア。きみだ」

「どういう意味？」

「きみは刺《とげ》のある言葉の応酬をすることによって気晴らししてるみたいだけど、ぼくはそれにつき合うつもりはないよ。ぼくがここに来たのは、一つだけ知りたいことがあるからだ。今きみには、ほかに男性がいるのかい？」

「〝ほかに〟ってどういう意味？」

「もちろん、ぼくのほかにという意味さ」今度は顔をほころばせて笑った。

「なんて厚かましい人なのかしら。それに、とんでもないうぬぼれ屋ね」

「前にもそう言われたね」マットはジャケットを脱いでもう一つの肘掛け椅子の背に投げかけた。「いい子だから、コーヒーを一杯いれてくれないか？　こんなこと頼むと、きみはフェミニストの演説を始めそうだけど、その必要はないよ。きみをメイド代わりに使うつもりはない。必要な道具がどこにあるのかわからないだけなんだ」

　クレアはさっと背中を向け、何も言わずにキッチンへ飛び込んだ。わたしが次にどんな態度に出るか、マットは完全に読んでいたのだろう。でも、わたしの生活に強引に入り込めると思っているなら、大間違いよ！　この前の夜はマットを甘く見ていたし、自分の女性としての部分を軽んじていた。けれど、わたしは二度も同じ過ちを繰り返す人間ではない。

　クレアはコーヒーを沸かしてポットに入れ、トレーに一番上等な磁器のコーヒーカップを並べると、愛想のよい笑みを浮かべて運んでいった。「ミルクかクリームは入れる？」やさしくきき、二つの肘掛け椅子の間にあるテーブルにトレーを置いた。

マットは疑わしげに目を細くした。「ブラックでいい。砂糖もいらないよ」

「お互いに太らないよう気をつけなくちゃね」クレアはわざとはにかんだように言った。

ブルーの瞳からほんの少し緊張が解けた。「ダイエットが今のはやりだからね」

「毎朝、地元の公園でジョギングでもしているんでしょう」やさしい声の裏にあざけりの気持を秘め、美しい花柄のカップにコーヒーを注《つ》いだ。「それとも、ほかの有名人が集まるボンダイ・ビーチまで行くのかしら？」伏し目がちにマットを見ると、彼は口元をゆがめて苦笑いしている。

「よくわかったね」マットはクレアの手からカップを受けとった。「朝食前にあのビーチを走ると、元気百倍になるんだ。本当に血の巡りがよくなるからね」

有名なヌーディスト・ビーチの話になったとき、クレアは逆にからかわれていることに気づいた。

「本当にぼくに対して、よくない先入観を持っているんだね。実のところ、ぼくはジョギングなんかしないし、ダイエットもしない。週に二回ジムに通ったりもしないよ。一生懸命仕事ばかりしている。ただし、スカッシュは少しするけどね」

「わたしもスカッシュは好きだわ」クレアは自分のコーヒーを注いでから、椅子の背にもたれた。

「きみはスポーツが得意そうだね」

「どうして？　背が高くてやせているから？」

「やせていないよ。ちょうどいい」

クレアは黙り込み、ぼんやりとカップをのぞき込んだ。マットが褒め始めると、いやになる。彼が本当のことを言っているのか、それとも、自分の目的を達成するためにお世辞を言っているだけなのか、わからないからだ。会って間もないのに、わたしのことを興味をかきたてる好ましい女性だと言ったこともあった。マットが褒め言葉を発するたびに、わたしの心は揺さぶられる。直観では彼の人間性に不信感を抱いていながらも、わたしの心は彼に占領されていった。そして今は、彼に対する見方が間違っていたのかもしれないと思い始めている。もしかすると、彼は狡猾《こうかつ》なカサノバでも薄情な女たらしでもないのかもしれない。本当の彼は、意外に誠実なのかもしれない。

　けれど、三十四歳の男盛りなのに結婚していないということは、一人の女性と真剣につき合うよりも、いろいろな女性と恋愛ゲームを楽しむほうが好きなタイプなのだ。わたしとも、結婚を前提につき合うつもりなどさらさらないのだろう。

「どうしたんだい、クレア？」マットがやさしくたずねた。「ぼくが来たことで動揺してるのかい？」

　クレアはため息をつきながら首を左右に振り、不安げな視線を床に落とした。

　そのとき、マットがいきなり立ち上がったので、彼女は恐ろしそうにさっと目を上げた。ところが、彼はカップとソーサーをトレーに載せ、流しのほうへ運び始めた。「よかったら、洗うのを手伝うよ」肩越しに魅力的な笑顔を見せる。

「いいわ」クレアはため息をついて立ち上がった。

　緊張感に満ちた静寂が続く。二人は黙々と食器を洗った。クレアは隣にいるマットを強く意識していた。洗った食器を彼女が水切りかごに置くと、彼はすぐにそれを拭《ふ》いた。

　最後のスプーンを拭き終わり、流しの栓を引き抜いてから、クレアは彼のしなやかな長い指から布巾《ふきん》を取って二人の間の盾代わりにした。攻撃は最大の防衛だ。彼女は攻撃を開始した。

「さあ、よかったら、ここに何をしに来たのか話してくれない？　もちろん、あなたの狙《ねら》っている魚はもっと大物なんでしょう」

　マットはキッチンのカウンターにてのひらをついてもたれかかった。「ぼくの知ってるかぎりでは、まだその魚を釣り上げてはいないようなんだ」

「そう？　その餌《えさ》を使っても？」クレアは笑みをたたえた端整な顔に視線を走らせた。

「それじゃ、きみを釣り上げるのにそう時間はかからないかな？」

「ちょっと餌をつついてみたけど、わたしの口には合わなかったわ」

　マットは体を起こしてまっすぐに立った。ブルーの瞳は怒りに燃えている。「それじゃ、ぼくをだましたも同然だな。この前の夜、きみはいくら食べても足りないという感じだったけどね」

「窮余の策よ」

「ああ、ばかなことを言わないでくれ。こんな意味もないことを言い合うのはもう我慢できないよ。そんなふうに喧嘩《けんか》腰になるのをやめたら、ぼくが誘惑するためだけにわざわざやってきたんじゃないことがよくわかるだろう。ああ、ぼくはきみと話がしたい。それに、一緒にいたいんだ」

「喧嘩腰になんかなっていないわ！　万が一なっていたとしても、それなりの理由があるからよ」

「ああ、そうか。またいつもの薬剤師に戻ったんだね。〝わたしはずっと不当な扱いを受けてきたの〟」マットは完璧《かんぺき》に南部訛《なまり》を真似た。「〝かわいそうなわたしはいつも傷ついてばかり。男なんてみんな害虫と同じよ。わたしは死ぬまで男全部を憎み続けるわ！〟とでも言うつもりなんだろう」両手を勢いよく上げたかと思うと、腰に手を当て、挑みかかるようににらんだ。

　クレアはぞっとした。彼のふざけた物真似に腹を立てなければいけない。徹底的に怒り狂わなくては。ところが、しだいに顎の先が震え出し、喉の奥から沸き上がる笑いを抑えきれなくなった。彼女は喉を詰まらせたような声をあげると、急に向きを変えて流しの端をつかんだ。

「クレア……」思いがけなくやさしい手が彼女の腕に近づいた。「すまなかった。傷つけるつもりはなかったんだ。頼むから、泣かないでくれ」

クレアはもう少しで本当に涙が出てきそうだった。苦しげにつばをのみ込んで、込み上げる笑いを必死に抑えた。マットの言い方はとてもおかしい。『風とともに去りぬ』のレット・バトラーのようだ。

しばらくの間そのままマットの手の感触を味わったあと、ため息をつきながら振り返った。「わたしこそごめんなさい」かすれ声でつぶやく。あいにく目に浮かぶ笑いまで抑えることができなかった。

「クレア・プライド!」マットは責めたてた。「きみはとんだはねっかえりだ!」

彼女は声をたてて笑った。「どうしようもなかったのよ! あなたがわたしのユーモアのセンスを刺激するから」

「きみにユーモアのセンスがあるって言うのかい?」

クレアはふざけてマットの胸を殴ろうとしたが、彼はその手をつかみ、両手ですっぽりと包んだ。束の間それを自分の胸に当ててから、ゆっくりと口元へ近づけていく。目を見つめながら彼女の曲げた指を一本一本伸ばし、開いたてのひらを自分の唇に押し当てる。クレアは息をのんだ。彼の舌先が肌に触れた瞬間、まるで感電したかのように激しい震えが腕を駆け上がった。

思わずクレアは手を引っ込めようとしたが、マットがそれを引き戻した。と同時に、彼女の体を引き寄せて、自分の体にぴったりと押しつけた。

彼の唇は熱かった。クレア自身の肌も熱い。急に体中が火照ってきた。マットの瞳に吸い込まれて、体は彼のほうへ傾いていく。彼はクレアの手を自由にしてからしっかりと彼女を抱き締めた。息も詰まるほど強く。たくましい体で、彼女は流しに押しつけられた。もう、近づいてくる彼の唇から逃げることはできない。

「お願い、やめて」

マットは彼女を放したが、悔しそうなため息をついた。「キスしようとしただけだよ。それ以上のことをするつもりはない」

「あら、そうかしら」驚くほどしっかりした口調でクレアは言った。「でも、わたしはその場かぎりの関係を持つことには興味がないの。それに、大人はティーンエイジャーと違って、ちゃんと分別を働かせてキスや愛撫《あいぶ》を適当なときにやめられるというふりをしてもむだよ。わたしはそんな器用なことはできないもの」

「そんなことぐらい、もうわかっているよ。きみはとてもセクシーだからね、クレア・プライド」

「わたしはあなたが好きよ、マット。多少のためらいはあるけれど、好きだという気持はどうしようもないの。たしかに肉体的にもあなたに惹かれているわ。でも、それだけでは苦労して学んだ教訓を忘れられないの。もし、今夜ここであなたに抱かれたら、ひどく後悔するでしょうね。きっと精神的にもあなたにのめり込んでしまうし、自分でも気がつかないうちにすっかりだまされてしまうんじゃないかしら。そんなばかな真似を二度もするわけにはいかないわ。絶対に！」

「きみが考えているのは……」マットは穏やかに言った。「最後には、ぼくがきみを捨てるんじゃないかということなんだね。飽きたらきみを捨てると」

「そうじゃないの？」

マットは顔をしかめてそばにあるベンチにもたれた。「ぼくは自分が故意にだれかを傷つけたりしないと思いたいけどね。ぼくたちは友達になれるといいと願っていたんだよ。それに、できたら恋人同士にも。たしかに、お互いの欲望を満たすことができたらいいと期待もしていた」

「お互いの欲望を満たすですって！」クレアは不愉快そうに唇をゆがめた。「自分がどんなにひどいことを言っているのか、わかっているの？」

マットは真剣な目つきで長々と彼女を見つめた。

「ああ、クレア。どんなにひどいことを言っているのかよくわかっているよ」

「それなら、わたしにそんなことを期待しないで」

マットは少しの間黙り込んでからふたたび口を開いた。「安易な解決策をとったほうがいいのかもしれないな。愛していると言おうか」

「嘘《うそ》をついたら、軽蔑《けいべつ》するわ」

「そうか」マットは鋭い目で見つめ続けている。だが、やにわに腕をつかむと、彼女を引っ張ってドアのほうへ歩き始めた。「さあ、出かけよう」

「なんですって？　このままでは出かけられないわ。ひどい格好ですもの」

「すてきに見えるけど」

「めちゃくちゃじゃないの」

「そのほうがいいかもしれないじゃないか。女性とプラトニックにつき合わなければならないなら、まったく女を感じさせない格好をしてくれたほうがましだよ」

それを聞いてもクレアは怒らなかった。マットは巧妙に攻撃作戦を変えたようだ。新しい戦略がどんなものかはまだよくわからないけれど、最後はうまく解決するつもりなのだろう。「わかったわ。ジャケットを忘れないで。どこへ行くの？　あっ、そうだわ、頭から紙袋をかぶってくれない？　あなたはハンサムすぎるから、わたしの心の平和が保てなくて困るのよ」

一瞬マットはびっくりして黙り込んだが、すぐに大声で笑い出した。「わかった、わかったよ。着替えておいで。でも、早くしてくれよ。食事に行くんだからね。もちろん、この近くじゃない。ダボから来る途中に小さなレストランのついたモーテルを見つけたんだ。きみがだらしのない女だという噂がバンガラータ中に広まったら困るからね」

クレアは笑った。「どうしてあなたと一緒にいるだけでそんなふうに言われるの?」

「知らないのかい? 俳優というのはみんな女に関しては凄腕《すごうで》なんだぞ。好色で女たらしで、まったく下劣なやつばかりだ!」

「そうね、マット」クレアはつぶやきながらベッドルームのドアを閉めた。「本当にそうだわ」

6

「きみのパンツスタイルは好きだよ」クレアが裾《すそ》の少し広がったグリーンのパンツスーツを着て現れたとき、マットは言った。上着は丈が短く、シルバーのボタンがついている。「だけど、またぼくが言ったことに対して憎まれ口を叩《たた》いたら、窒息しそうになるくらいきみの首を絞めるかもしれないよ」

クレアは思わず笑った。「そんなことはまっぴらごめんよ」

「どうしてぼくの口からこういう言葉が出たんだろう? きっと頭がどうかしてるんだ」

「あなたもわたしもね」彼女は小声で言った。

「聞こえたぞ」マットはすかさずその言葉に飛びつ

いた。「さあ、よく聞いてくれ。今夜はもう先入観だらけのいやみな言葉は聞きたくはない。ぼくたちはこれから出かけて、一緒に楽しい時間を過ごすんだ。そのかわいい唇がやさしい笑みをたたえているところしか見たくない。だから、甘い言葉以外はしゃべらないでくれるかい？　頼むよ。楽しくなるようなことが言えないなら、せめて何も言わないでいてくれ！」

「となると、かなり静かな夜になるかもしれないわね」

「そういう態度をとり続けるなら、きっとそうなるだろうね。きみがへらず口を叩くたびにキスするつもりだから」

「はいはい、約束するわ」

　突然マットが目を細めてクレアの唇を見つめると、彼女は不安を覚えた。こんなふうに彼を刺激するなんて、わたしはどうしたのだろう？

「気をつけるんだよ、クレア」マットの陰った瞳が冷たく光った。「さもないと、きみが本当に望んでいるものを手に入れることになるかもしれない」

「なんなの、それは？」

　彼は冷たく、抜け目ない笑みを浮かべた。とても謎《なぞ》めいた笑顔だ。クレアはマットが仮面の下で何を考えているのか見きわめようとしたが、どんなにがんばっても何もわからない。この人は自分の心を隠す名人なんだわ。

「行こう」

　マットの冷ややかな言葉に物思いから引き戻され、クレアは急いでキッチンカウンターからキーとバッグを拾い上げると、手を振って彼に裏口から出るよう知らせた。いらいらするほどぎこちない指を動かしてドアをロックしたあと、彼の後ろから木製の急な階段を下りていった。

　彼のレンタカーはスマートなブルーのフェアレー

ン。座席はグレーで松の芳香剤の匂《にお》いがする。マットはやさしく彼女を助手席に乗せてから、反対側に回って運転席に乗り込んだ。太陽はすでに丘の向こうに沈んでいるというのに、座席に着くなりラップアラウンド・サングラスをかけた。慎重にバックミラーとサイドミラーでまわりを確認したあと、彼は車をスタートさせた。通りの端まで来るとふたたび車を止めて、通り過ぎる車がなくなるまで待ってから大通りへ車を出した。

そのやり方にクレアはいらだった。

「わたしと一緒にいるところを見られるんじゃないかと心配なの？」

「控えめにしたいだけさ。きみもそうだと思うよ。来週のゴシップ誌にマット・シェフィールドの最新の恋の相手として派手に書きたてられたいと思わないかぎりはね。スーパーマーケットでちょっと見た目のいい女性の後ろに並んだだけで、彼女と熱愛中という話になってしまうんだ」

「あなたの私生活に関する記事は捏造《ねつぞう》されたもので、正しくないというの？」

「かなり誇張して書かれていることはたしかだ」

「それじゃ、あの中にはあなたのベッドルームに華を添えた女性もいるわけね？」

「とんでもない。女性をぼくのベッドルームに入れて、出ていってくれなくなったらたいへんだ。たいていは相手の女性のベッドルームへ行くことにしてるよ。あるいは、感情をまじえないような場所——たとえば、モーテルとかね」

クレアは急に思い出した。彼が連れていこうとしているのはモーテルに付随したレストランだ。

マットは笑った。「おやおや、ひどい顔だな。クレア、これ以上ぼくの言葉に反撃しなくていいよ。ぼくは期待どおりの答えを言ったまでさ」

クレアは憤った。「たぶんね。でも、こと女性に関して、あなたは本当にいいかげんな人なんでしょう？」

「いや、そんなことはない」

彼女はばかにしたような声をあげた。

「クレア、ぼくは今まで実行できないことは絶対に約束していないし、約束したことはかならず実行しているよ」

「実行できないから絶対に約束しないのはどんなことなの？　それに、約束してかならず実行するのは？」

「恋愛感情を持つことや将来のことに関しては、約束できない。女性の性欲を満足させることは約束するけどね。きわめて単純な話さ。もちろん後者はきみに拒否されるだろうから、きみの場合はどういう条件がいいか思案が必要だ」

「前にも言ったけど、わたしはその場かぎりの火遊びはしない主義なの」

「その場かぎりには終わらせないと約束したらどうする？　ぼくたちの火遊びを真剣に考えると約束したら？」

「どういう意味？」

「きみがぼくの人生でただ一人の女性になるという意味さ」

「まあ、それを聞いてありがたいと思わなくてはいけないのかしら？」

「そう思ってくれるのを期待していたんだけど」

その言葉に驚いてクレアが首を振っていたとき、車は角を曲がった。と、前方からまばゆいばかりの照明が当たり、二人とも目がくらんだ。

「事故があったようだ」車が近づいていくと、マットは物思いにふけりながら言った。

事故に遭った車は一台だけだ。道路に横滑りした跡が残っている。車はスピードを出して角を曲がったが、曲がりきれずに道路からはずれて木にぶつかったようだ。すでにパトカーも救急車も到着し、さらに五、六台の車がまわりに止まっている。

「止まってもむだよ」クレアは言った。現場を通り過ぎて五十メートルほど行ったところで、マットが道路の片側に車を寄せ始めたのだ。

「何かできることがあるかもしれないじゃないか」かなり横柄な口調で返事が返ってきた。

それがクレアを怒らせた。「お願い、マット、あなたが行っても邪魔になるだけでしょう。本物の医師じゃないんですもの」

マットは射るような目で彼女を見てからシートベルトをはずした。「ぼくがドラマの撮影からどんなことを学んだかわかったら、きみは驚くだろうな。楽しいドライブを続ける前に、何か手伝えることがないかどうかちょっと見てくるよ」

マットが立ち去ったあと、クレアは恥ずかしくなった。あんなこと、言わなければよかった。あんなよけいな言葉。

それから数分後、救急車がサイレンを鳴らしながら走り去り、マットが戻ってきた。

「マット、ごめんなさい」すぐさまクレアは謝った。「失礼なことを言って。お願い、許して」

「えっ？」マットはぼんやりしている。

「あんなことを言ってごめんなさいと言ったのよ。わたし……」マットがサングラスをはずしたので、クレアは彼の目に浮かぶ表情に気づいた。「まあ、どうしたの？　ひどい顔をして」

「運転していた男性は死んだ」

クレアはあっけにとられた。「でも、車はそれほどひどい状態じゃなかったのに」

「きっと頭をハンドルにぶつけたんだろう。首の骨が折れていた。言われる前に言っておくけど、ぼくだって現実の世界で人が死ぬことは十分承知しているんだよ」

クレアは慰めと謝罪の両方の意味で彼の膝に手を置いた。「ええ、そうでしょうとも」

「保護者ぶった態度はやめてくれ」

「そんなつもりじゃないわ！」

「いや、そうだとも。〝かわいそうに、ドクター・アーチャー役の男が、本物の事故と本物の血を見て青くなっているのね〟そう考えているんだろう？」

「いいえ！　マット、ごめんなさいって言ったでしょう。今でも悪かったと思っているわ。本当に、保護者ぶった態度をとるつもりなんてなかったのよ。それに、車を止めて力を貸そうとしたあなたは立派だと思うわ。何かできたかもしれないもの」

何か考え込んでいるらしく、マットはひどく険しい表情をしている。体を震わせながら首を左右に振った。

「マット、何か話して。こんなあなたを見ているのは耐えられないわ」

「ぼくもこんな自分を見るのは耐えられないよ」マットは手を伸ばして、とびきりやさしく彼女の頬に触れる。「きみは本当に特別な女性だ、クレア・プライド。いつもよりたくさんのことを約束できたらいいと思うけど、それは無理なようだ。とにかく、今はまだ」

クレアは顔を傾けて彼の手のぬくもりとやさしさを味わった。「わたしは何も約束してほしいとは言っていないわ」

「それじゃ、今夜きみをベッドに誘ってもいいかい？」

クレアがさっと顔を上げると、マットはため息をつきながら手を下ろした。

「許してくれるとは思っていなかったよ」

「ねえ、マット。あなたの今の生き方が、一人の女性と深くかかわることに向いていないのは理解できるわ。でも、わたしが今望んでいるのは、そういう関係なの。たしかにあなたにものすごく惹《ひ》かれているし、ベッドをともにしたいと思ってる。でも、さっきも言ったとおり、一度抱かれてしまったら、わたしはあなたが恋しくなって、たまにベッドをともにするだけでは飽き足りなくなるかもしれないわ。あなたは実行できないことは約束しないと正直に言ってくれたから、わたしも正直に言うわ。あなたとの関係を続けて時間をむだにしたくないの。二度と前のように傷つきたくないのよ」

「ふうん。どうやら、ぼくが八つ裂きにしたいと思っているやつはシドニーのどこかにいるようだな。本当にそいつのことを話したくないのかい？」

「ええ」

「どうして？」

「今夜が終わったらわたしの人生からいなくなる人に、どうして秘密を話さなくてはいけないの？」

「どうしてぼくがいなくなると？」

「目的のものが手に入らなかったら、あなたは二度と戻ってこないでしょう。ここは遠すぎるわ。とくに、シドニーにはあなたの性欲を満足させたいと思っている美しくて若い女性がたくさんいるんですもの。新聞によると、あなたは若い人のほうが好きなようね」

「あんなゴシップ記事を信じないでくれ。それに、最近ぼくは成熟した女性が好みなんだ」

「調子がいいのね。地球は平らだと言われたほうがまだ信じられそうだけど」

　マットは笑った。「きみはぼくのことはあまり知らないじゃないか。知っていたらそんなに挑戦的な態度をとらないだろう」身を乗り出してふたたびエンジンをかけた。「食事に行く時間だ。おなかがすいてきたよ。今夜は紳士的に振る舞うよう最善の努力をする。だけど、将来もずっとそうだなんて期待しないでくれ。ぼくにとって、演技はかならずしもたやすいことではないんだからね」

　翌朝、もっとも間の悪いときに花束が届いた。フローラばかりでなくミセス・ブラウンまでもが薬局にいるときだった。二人とも疑わしげな目つきで二ダースもの薔薇《ばら》の花を見つめた。

　クレアはどきどきしながら配達の少年から花を受けとった。マットからに違いないわ。昨夜、夕食のあとクレアを車から降ろしてくれたとき、彼はがっかりするほどあっさりしたキスを頬にしたが、また連絡すると約束して、別れ際にこう言った。〝ぼくは簡単にあきらめる男じゃないんだよ、クレア〟

　明らかにこの花は目下進行中の誘惑作戦の一貫なのだ。けれど、彼が気づいていないのは、そんなことをしたらバンガラータ中に憶測と困惑を引き起こすということだ。地元の花屋の主人はおしゃべりで有名な老婦人で、彼女があちこちで噂《うわさ》をばらまけば、クレアはすぐに〝尻軽女〟と見なされ、彼女の謎の恋人の正体を暴こうと、町中の人々が鷹《たか》のような目で見張り続けるだろう。

　幸い、カードには〝美しい女性へ〟としか書かれていない。とはいえ、店にいる二人の女性の顔に浮かぶ疑問に、どう答えたらよいのだろう？　そのとき、昨日ついた罪のない嘘《うそ》が思いがけず救いになってくれた。

「あの人からでしょう？」サリーがきいた。「悩みの種、昨日そう言っていたじゃない」

　クレアはうんざりしたようなため息で安堵《あんど》感を隠し、見たくてうずうずしているサリーにカードを渡した。「わたしの言いたいことは伝わらなかったようね。夜もまた連絡してきたのよ。もうどうしたらいいのかわからないわ」

「どこかの男性のことで困っているの、クレア？」フローラがきいた。

クレアはそれ以上説明する必要はなかった。サリーが喜んで代わりに説明してくれたのだ。

「何年も前にクレアがシドニーで知り合った、昔のボーイフレンドなんですって」サリーは目を丸くしている二人の客に告げた。「突然その人がまた電話をかけてきて、今度は花を送ってきたんです。クレア、今度はきっと家にまでやってくるわよ！」

「かわいそうに！」フローラが大声を出した。

「お金持なのね」ミセス・ブラウンがつぶやく。

「こんなに高価な花を贈ってくるなんて」

「お金持なの、クレア？」フローラがきいた。

「大金持です」

「それなら、その人のどこがいけないの？」ミセス・ブラウンが横から口を出した。「醜男《ぶおとこ》なの？」

「いいえ、とってもハンサムです」

「既婚者じゃないんでしょう？」サリーも一緒になって心配そうにたずねた。

「ええ、独身よ」

「だったら、何が問題なの？」ミセス・ブラウンがしつこくきいてくる。

「ハンサムでお金持だからといって、かならずしも完璧《かんぺき》な人生のパートナーになるとはかぎらないでしょう。昨日の夜はわたしの言い方に厳しさが足りなかったんです。この次はかならずわたしの言いたいことが伝わるようにするわ」

それはいいアイディアかもしれない。クレアは心の中で思った。

リビングルームに飾ると、薔薇はすばらしく映えた。深紅の花びらが真っ白なラグの美しさをいっそう引きたてている。クレアは、気がつくと薔薇を見つめたり触れたりしていた。ただ一つ、彼女の喜びをだいなしにするような考えが頭に浮かんだ。それは、薔薇の花束を注文したのはマットではなくビルかもしれないということだ。彼女はマットがビルに電話をしている情景を思い描いた。〝クレアに花を贈ってくれないか？　メッセージ？　ああ、今は何も思い浮かばないよ。忙しいんだ。きみが適当な言葉を考えてくれ〟

　そんなくだらないことは考えないようにしようと思ったが、なかなか頭から離れない。

　そのとき、電話が鳴った。クレアはしぶしぶ電話のほうへ歩いていったが、母親かもしれないと思い、うめき声をあげた。バンガラータでの噂の広がり方の速さを考えると、今ごろはプライド農場にも伝わっているはずだ。薔薇の花束が届いてからもう五、六時間はたっている。

「はい、クレア・プライドです」

「クレア、声を聞けてうれしいよ。花は着いた？」

　クレアの脈が急に速くなった。「とってもきれいよ」

「赤い薔薇だろう？」

「ええ、それもたくさん」

「よかった。赤い薔薇を頼んだんだよ。きみの部屋のラグとソファにぴったりだと思って」

「あなたが頼んだの？」

「もちろんだよ。最高の女性のために最善を尽くしただけさ」

　クレアの胸は喜びに震えたが、すぐに気落ちした。

「そんなことは言わないで」

「どうして？　本当のことだよ。きみは今まで会った中で最高の女性だ。それに、とても魅力的だ。きみのこと以外は何も考えられない。今日の昼食のとき、母が何やらしゃべっていたけど、一言も耳に入らなかったよ。ぼくの心は百万キロも離れたところにあったんだ。きみのことで頭がいっぱいだったのさ」

「ここはそんなに離れていないわ」

「そうかもしれない。ああ、会えなくて寂しいよ。ここに一緒にいてくれたらいいのに。きみを抱いてキスしたい。そして……」

「マット、やめて！」

「わかってる、わかっているよ。だけど、きみに触れることができないと思うと、つい本心を言いたくなるんだ。昨日の夜、きみと別れるときは本当につらかったよ。きみを抱き寄せて二度と放したくないという心境だった」

「お願い、やめて……」

「恋愛と戦争は手段を選ばないと言うじゃないか」

「でも、あなたはフェアに戦っていないわ」

「余裕がないんだよ。敵がなかなかつかまらなくて。それでも、どうにかして手に入れたいと思っているからね。ぼくはあきらめない、きみが降参するまでは。どんなに時間がかかろうとかまわない」

「どうしてそんなに辛抱強く待てるの？」

「辛抱強く待つなんて言ったことはないよ。全力をあげて説得するつもりだ」

「そういうのが得意なのね？」

「世の中には説得されるのが好きな人もいる。みんながみんな、結論を下したり選択するのが得意なわけじゃない」

「あなたは、わたしにどんな選択権もくれないような気がするけど」

「きみが他人に左右されるなんて想像できないね。まさに煉《れん》瓦《が》の壁のようだよ。ところでクレア、ずっと話していたいけど、パーティで客を接待することになっていて、もうじきみんな到着するんだ」

「なんのパーティ？」

「たった一人の妹が婚約間近でね。今夜、カクテル・パーティにかこつけて相手の男性と会う予定なんだ。あとでまた電話するよ。いいかい？」

「あなたの電話番号は教えてくれないの？」

マットはすぐに返事をしない。彼女の心にいつものように不信感が沸き上がった。「きみが知りたいならここの番号を教えてもいいけど、そうしょっちゅうはいないんだ。ここに住んでいるわけじゃないからね」

「それなら、どこに住んでいるの？」

「今はいろいろなところを動き回っているんだ。二日続けて同じ場所にいることはめったにない。心配しないで、ダーリン、きみを見捨てたりはしないよ」

「マット」

「えっ？」

「お願いだから、ダーリンなんて呼ばないで」

「なぜ？」

「そういう呼び方をする関係じゃないでしょう」

「恋人同士の場合にかぎる？」

「そんなところね」

「きみも堅い人だな」

「わかっているわ」

「でも、それほど堅くはないよ」マットのやさしい声にクレアの心は軟化した。「もう行かなくては。その薔薇を見るたびに、ぼくを思い出してくれ。いいかい？」そう言って彼は電話を切った。

それから約二週間、マットは毎晩電話をかけてきた。ときには深夜にかかってくることもあった。クレアの不安な気持がわかっているのか、彼はもう電話できわどいことは言わなかった。話題はもっぱら世間話に終始した。徐々に、夜ごとのマットからの電話は彼女の生活にとって一番大切なものになっていった。

マットは二日として同じ場所にいないと言ったが、そのとおりだった。実にさまざまな場所から電話をかけてくる。シドニーでの住まいになっているキリビリ地区のアパートからも二度かかってきたが、そこにはめったにいないようだ。ロケに出かけていることが多く、ホテルやモーテル、トレーラーハウスなどに泊まるらしい。

『ブッシュ・ドクター』は年間四十回も放送されるため、マットのスケジュールはびっしり詰まっており、てんてこまいの状態だそうだ。彼はスタッフの気まぐれのままに動いているから、決まった時間に決まった場所にいるというのは難しい。

芸能人に離婚が多いのも無理はないわ。全然家にいないんですもの。ある意味では、マットが独身でいるのは賢明なのだろう。ある夜彼女がその点に触れたとき、彼ははっきりと自分の意見を述べた。夫や父親の立場にいる人間は、必要とされているときは家にいる責任があるからね、と言いきった。

マットは、議員をしている父親のことを思い出しているようだった。さらに、彼が苦々しい口調であるのに気づき、クレアは心を動かされた。一般的に、政治家は仕事のために妻子に辛《つら》い思いをさせるものだ。それは、彼らが野心を達成するために支払わなければならない代償だと言われている。しかしクレアは、その考えがあまりにも短絡的であることに気づいた。

人間にはこまやかな感情があるということも頭に入れる必要がある。世の中の出来事はすべて白か黒かで割りきれるものではない。灰色の部分がたくさんあるものなのだ。そうは言ってもクレア自身、しょっちゅう全国を飛び回って一家団欒《だんらん》よりも仕事を優先し、世俗的な成功を目的にするような夫のことは好きになれないだろう。

そのことに気づくと、すでに揺れている心にますます不安が広がった。いったいわたしはどうするつもりなのだろう？　毎晩マットの電話を楽しみに待ち、電話がかかるまで眠ることができない。自分勝手な野心家に恋をした女がどうなるのか、かつての苦い経験で学んだはずでしょう？　今の関係を進展させたくないのなら、彼の心がわたしに向かうのをやめさせなくてはいけない。

その夜マットが十二時近くに電話をかけてきたとき、クレアは興奮して怒り出した。彼は夜間撮影に入っていたのだ。

「ねえ、今何時かわかっているの？」

「ああ……だが、きみはかまわないと思ったんだ」

「いいえ、かまうのよ。明日は仕事だし、金曜日はいつもとくに忙しいの。眠っておかなくちゃ」

「悪かったよ、ダーリン。ぼくは思いやりがなかったね。でも、一日の終わりにはきみと話がしたいんだ。きみの声を聞かなかったら、たぶんぐっすり眠れないだろう」

「たしかダーリンなんて呼ばないでって言ったはずだけど」クレアはとげとげしく言った。「それから、真夜中に話す相手が欲しいなら、テディーベアでも買ったら！」

「妻のほうがいいな」

驚きのあまりクレアは息を吸い込んだ。「あなたは、俳優は結婚すべきじゃないと言ったでしょう。それに、政治家も！」

「そのとおり」

「いったいどういうつもりなの？　甘い言葉でだまそうとしてもむだよ。わたしとはもちろん、だれとも結婚するつもりはないくせに」

「たしかに、このシリーズに取りかかっている間はないよ。だけど、状況が変わる可能性はある」

「どんなふうに？」

「ドクター・エイドリアン・アーチャーはだれかに殺されてしまうかもしれないし……」

「冗談はよして、本当のことを話して。いったいどういう意味なの？　またわたしをベッドへ誘い込もうという作戦?」

マットは急に真剣で自信なげな口調になった。

「いや、そうじゃない。だが、きみがベッドをともにしてくれたら、もう少し物事をはっきりと見きわめられるかもしれない。肉体に対する欲望が邪魔をしなくなるだろうからね。セックスというのは、男が真実だと思っていることをゆがめる傾向があるんだ」

「どういうこと?」

マットはため息をついた。「難しい質問だな。なかなかはっきりと答えることはできない。早まって間違った答えはしたくないんだ。それに、きみが全速力で逃げ出して、そのあとを追いかけなくてはいけないようなことは言いたくない」

「マット、何を言いたいのかわからないんだけど。おかげで頭がくらくらしてきたわ」

マットはくすくす笑った。「ぼくだって同じさ、スイートハート。ターコイズブルーのドレスを着て歩いてきたきみを見た瞬間から、ぼくもずっと頭がくらくらしている」

クレアはがっかりした。あの晩、あのドレスを着たわたしを見て、サリーはなんと言っていたかしら? マットが苦しんでいるのは欲望のせいにすぎないのだ。彼はそれとなく、わたしに対する気持は単に性的なものだと言っている。ベッドをともにしたら物事をはっきりと見きわめられると。正直なところ、クレアは彼に対する疑いをぬぐい去ることができなかった。彼はわたしを抱きたいと思っている、ただそれだけだ。それ以上でもそれ以下でもない。そのほかは目的を達成するための付属物にすぎないのだ。

急にみじめな気持になり、クレアはいらだった。わたしは本当のことを知りたかったんじゃなかったの?

「マット……」

「なんだい？」

「もう電話してこないで」

「どうして？」

「あなたのせいでわたしの生活がめちゃめちゃになっているの」

「どんなふうに？」

「あなたが電話をかけてくるまで、眠れないの。あなたとベッドをともにしたらどんなかってこと以外は、何も考えられないのよ」

「わかるよ。それで、きみはどうするつもり？」

「わたしがどうするかですって？」

「ああ、きみだ。ぼくはきみの言うとおりにするよ。あとどれくらい今の状態を我慢できる？」

「あまり長い間は……」

「それで？　今度の週末にどこかで会おうか？」

「今度の週末？」

「ああ、三十日だよ。土曜日に仕事を代わってくれる人は見つかるかい？」

「ええ」

「よし」

「あなた……何をするつもり？」

「ちょっと考えていることがあるんだが、まず関係者に話をしないとね。明日の夜に知らせるよ」

「わかったわ」

「ああ、クレア。週末が待ちきれないよ」

「わたしも」

「そろそろ行かなくちゃ」マットはぶっきらぼうに言った。「さあ、忘れないでくれ。今度の週末には何も予定を入れないこと。雨が降ろうと槍《やり》が降ろうと、ぼくたちは一緒に過ごすんだからね！」

7

クレアは車のスピードを上げた。ダッシュボードの時計の針は六時半を指している。店を出たのは五時四十五分。途中、一度も止まらなかった。彼女の計算では七時半ごろには目的地に到着するはずだ。幸い今は夏時間なのであたりはまだ明るく、太陽は車の後方に沈みかけている。

「バリーの牧場は、オレンジの町の近くにあるんだよ」マットはそう言っていた。「願ったりかなったりだろう。シドニーとバンガラータの真ん中にある。きみが五時半に店を閉めたあとすぐに出発すれば、ぼくたちはだいたい同じころに着くはずだ」

クレアは驚いた。ホテルかあるいはどこかの貸別荘で落ち合うものと思っていたので、知人の家で待ち合わせというのは意外だった。

「でもマット、そこの持ち主はどんな人なの？ 自分の家にあなたが赤の他人を連れてきたら、いやがるんじゃない？ 何を着ていったらいいの？ 寝るときはどうしたらいいの？ わたしが考えていたのは、つまり……」

「バリー・ウエストンとは家族ぐるみの友人でね。事務弁護士をしている。競馬と馬の繁殖に夢中なんだ。二、三年前に牧場を買って、繁殖用の雌馬に全財産を注《つ》ぎ込んだ。ほとんど毎週末はそこで過ごしている。奥さんのジルはすてきな人だよ。バリーよりもかなり若いけど、ティーンエイジャーじゃない。きっときみを気に入るよ」

「あら、そう？」

「ずいぶん前から、一緒に週末を過ごそうと二人に誘われていたんだ。ガールフレンドを連れていっても二人とも気にしないよ。それどころか喜ぶだろうな。好きなものを着ていったらいいさ。バリーもジルも堅苦しいのが嫌いなんだ。寝るときはどうしたらいいかという件だけど、都合のいいことに続き部屋があるんだ」

クレアはさらに車のスピードを上げて、まっすぐに延びた幹線道路を進んでいったが、もう少しで最初の分岐点を見逃しそうになった。もし太陽が沈んでいたら、たぶん見逃していたに違いない。

脇道《わきみち》に入ると風景がいくらか変わった。今までよりも起伏のある土地に牧草が生え、ところどころに巨大な岩が露出している。

一時間後、マットが注意するよう言っていた道が見つかった。その道に入ると、クレアは郵便箱を数え始めた。たしか右手の三番目の箱だ。広い通用門についている看板に〝スリー・ヒルズ〟と書かれている。その向こうにある私道はとても立派で、両側に真っ白な柵《さく》が並んでいる。

なぜここがスリー・ヒルズと呼ばれるのかすぐにわかった。道は曲がりくねりながら小さな丘を越えたかと思うと、二番目の大きな丘を越え、最後に一番高い丘を蛇行しながら上っていく。その頂上に大邸宅が建っている。スペイン風の真っ白な二階建ての家は、贅《ぜい》のかぎりが尽くされているように見える。

胸のときめきを抑えながら、クレアは玄関前の階段の下に車を止めた。気持が高ぶる半面、不安もある。もう一度マットに会いたくてたまらなかったが、見知らぬ人の家で見知らぬ人と週末を過ごすのはそれほど楽しみではなかった。

クレアは落ち着きなくあたりを見回した。ほかに車は見当たらないが、扉の閉まっているガレージがいくつかある。しかし、だれも迎えに出てこない。

「やれやれ」クレアは大きなため息をつきながら車から降りた。トランクから小型のスーツケースを取り出したとき、マットが軽やかな足取りで階段を下りてきた。

「車の音が聞こえたような気がしたんでね。貸してごらん」彼女の手からスーツケースを取った。「ジルはシャワーを浴びに行ったところで、バリーはマティーニを用意している」満面に輝くばかりの笑みを浮かべる。「ああ、会えてうれしいよ」

　なぜかクレアは声が出なかった。その場に立ち尽くしたまま美しいブルーの瞳を見つめ、気のきいた言葉はないかと必死に考えていた。

「ああ、もう待てない！」

　マットはスーツケースを置いて、すばやく彼女を抱き寄せて唇を奪った。貪《むさぼ》るような激しい口づけを受け、クレアは彼が今でもどれほど自分を求めているのかが痛いほどわかった。また、彼女自身がどれほどマットを求めているかも。彼が口づけをやめて抱き締めたとき、クレアはがっかりした。

「ダーリン」マットは耳元でささやいた。「何か言いたいことがあるんじゃないのかい？」体を引いて彼女を放す。

　クレアは弱々しくほほ笑んだ。「あなたの車が見えなかったけど」

　マットはふざけて怒ったように両手を上げた。

「きみが言わなければいけないのはそれだけかい？もう少しましなことを言ってくれると思っていたのに」スーツケースを持ち上げ、彼女の肘をつかんで階段を上り始める。

　そのとき、玄関のドアが開き、背の低いずんぐりした男性がポーチに出てきた。彼はそこにたたずんだまま、にこにこしながらマットとクレアを見ている。白髪交じりで太っているにもかかわらず魅力的な顔には愛敬《あいきよう》のあるえくぼがあり、正直そうな目をしている。クレアは一目で彼が好きになった。

「そうか、この人がクレアだね。わたしはバリー。

飲み物の用意はできているけど、ジルがまだなんだ」バリーはもう一度値踏みするような目でクレアを見てから、友人のほうへ目を向けた。「ふうん、ひょっとすると、バンガラータの近くに牧場を買ったほうがよかったかもしれないね」

「クレアはぼくだけのものだよ」マットは冗談混じりに言い、我がもの顔に彼女の肩に腕を回した。「バリー、きみはウエイター役だけしていればいい。ぼくたちを飲み物のところへ案内してくれ」

その家は、外観だけでなく内装もすばらしかった。マットはクレアを家の中に招き入れると、広々とした玄関ホールをつっきって立派なリビングルームへと入っていった。アーチ型の通路、タイル、絨毯《じゅうたん》、重量感のある家具など、内部もスペイン風だ。バリーはすぐさま、彫刻を施した木製のバーカウンターの後ろに陣取り、銀製のシェーカーを振り始めた。

「すごいマティーニを作ってあげるからね、クレア」

マットはスーツケースを下ろした。「ちょっと考えていたんだが、バリー。長いドライブをしてきたから、クレアはさっぱりしたいんじゃないかな？」

「早く二人きりになりたいんだろう？」バリーがからかう。「だが、無理もないな。クレアの部屋はきみの部屋のすぐ左隣だよ」いたずらっぽくウインクした。

「バリーの言ったことはそれほど間違っていないんだ」クレアを案内して階段を上っていくとき、マットがささやいた。かすれた低い声を聞いて神経が高ぶり、彼女は身を硬くした。だが、その無意識の行為が彼の注意を引いてしまった。束《つか》の間《ま》、二人は見つめ合う。不意に彼女は思った。早くわたしをベッドルームへ運んでいって、身につけているものを剥《は》ぎとり、マットが考えていることを実行してほしい。

ところが、彼は早く一階に戻るようにと穏やかな口調で言い、ドアの前で別れた。気まずい時間が過ぎると、彼女は大きな安堵《あんど》感を覚えた。

　クレアの部屋は広々として豪華だった。内装は白とゴールドでまとめてある。小さなバルコニーから見渡せるのは牧場の裏手だ。緩やかに起伏する丘は地平線まで続いている。金色に輝く日没間近の陽光が斜めに部屋にさし込み、クイーンサイズのベッドに降り注いでいる。

　クレアは手を洗って髪を整えてから化粧を直した。その間、バリーの妻はどんな人だろうかと考えた。人形のように美しいばかりで冷たい人かしら？　それとも、心から夫を愛している人？

　クレアはためらいながら部屋を出た。今にも階段を下りようとしたとき、後ろからあわただしい足音が聞こえ、思わず振り返る。クレアは目を丸くした。

「あなたがクレアね」赤と白の服に身を包んだ魅力的な女性が声をかけてきた。目のさめるような派手なセーターの下には真っ赤なサテンのスパッツ。胸元に下がるゴールドのチェーンは少なくとも十本はあるだろう。「わたしはジル！」明るいオレンジがかった金髪を無造作にまとめてポニーテールにしているため、おそらく三十歳ぐらいだろうがずっと若く見える。「あなたがマットを困らせている薬剤師のお嬢さんね。ふうん、彼の好みもよくなったわ」あっけにとられているクレアの頬にキスした。

　ジルはごく自然にクレアのウエストに腕を回して、楽しそうにおしゃべりしながら階段を下り、リビングルームに入っていった。ジルの魅力にはだれも逆らえそうもない。

「遅いぞ」バリーが文句を言った。「騎兵隊を呼ぼうと思っていたところだ」

　マットは革製のラウンジチェアに座っていたが、隣に座るよう身振りでクレアに示した。彼女は素直に従った。

「ちょっと疲れているようね、マット」ジルはマットとクレアにマティーニを渡した。

「こき使われているのかい？」バーカウンターの後ろからバリーがきいた。

「まあね」マットはマティーニを半分ほど飲んだ。

「さあ、ぼくの黄金律を忘れないでくれよ。仕事の話はなし。政治の話もたくさんだ！　うちでいやというほど聞いているからね」

「それに、宗教の話もだめだ！」バリーが自分の飲み物にオリーブを放《ほう》り込んだ。

「セックスの話はどう？」ジルが明るくきいたので、クレアは心臓発作を起こしそうになった。

「セックスの話なんて問題外だよ！」マットは残りのマティーニを飲み干した。

「わかった。それでは……」バリーは自分のグラスとシェーカーを持ち、ぶらぶらと歩いてきてソファに座った。「どんな話をしようか？」

　みんなが探しているのが単なる話題で、今夜何をするかではないと気づくと、クレアの体はふたたび機能し始めた。一瞬彼女は乱交パーティに連れてこられたのではないかと錯覚したのだ。

「親類の話はどうかしら？」クレアは提案した。

「親類？」ほかの三人が声を合わせてきいた。

「つまり、家系のことです。自分の家系はどこの出身か、とかそういう話はどうですか？」

「いいアイディアだね」マットが同意した。「ところで親類といえば、先週ティリーの未来の夫に会って、二人はどう思った？」

「あの人なら、いつわたしのベッドに入ってきてもかまわないわ」ジルが楽しそうに言う。

　バリーが顔をしかめた。「表紙だけで本の中身を判断するなんてとんでもないよ！」

「ティリーって？」クレアはきいた。

　マットはぐっと彼女に近づいた。「前に話した妹だよ。本当はクローティルドというんだけど、ティリーのほうが合うんだ。ちょっとおかしな行動をするけど、中身は本当にかわいいやつだよ。妹が落ち着いたら両親は喜ぶだろう。今まで彼女の男友達の選び方にはかならずしも賛成できなかった。今度の恋人は両親も気に入っているようだけど、きみはあまり買っていないんだろう、バリー？」

バリーは肩をすくめた。「きみが陰で人を陥れるタイプが好きなら、あの男でもいいだろう。彼は自分が働いている法律事務所でもう何人も出し抜いているし、今は政界入りを狙《ねら》っている。今度の選挙で自由党は結束して彼を支持するそうだ。ちょっと心配なのは、彼がティリーを妻というよりも一種の武器と見なしているんじゃないかという点なんだ」

「たしか政治の話はしないと言ったはずだけど」ジルが文句を言った。

「政治の話じゃないよ」マットが答えた。「デイビッド・マコーリフの話をしているんだ」

恐ろしい名前がマットの口から出たとたん、クレアは勢いよく振り返った。その拍子に、もう少しで飲み物をこぼしそうになった。彼女は青ざめた顔で目をしばたたかせながら、マットを見つめている。

「どうした？　デイビッド・マコーリフを知ってるのかい？」

「あ……あの……」

「そうだったのか。あいつが例の男なんだな？　デイビッド・マコーリフが。彼は役者だと言っていたじゃないか。弁護士だとは言わなかっただろう！」

「初めて会ったときは役者だったのよ」クレアは弱弱しい声で説明した。「〝ユニバーシティー・レビュー〟のスターだったの。卒業後もしばらくはアマチュア演劇を続けていたわ」

「デイビッド・マコーリフか」マットは繰り返した。「なんてことだ」

「だれか、何がどうなっているのか説明してくれない？」ジルが叫んだ。

「黙っていなさい」バリーが小声で注意した。「マットとクレアは、しばらく二人きりになりたいんじゃないかな。そうだろう、マット？」

「えっ？　ああ、そうだね、ありがとう」

バリーが異議を唱える妻を促して部屋から出ていったあとには、恐ろしい静寂が広がった。クレアはただ茫然《ぼうぜん》としていた。運命はどうしてこんなにも残酷なのだろう？

もう、マットとの関係がこれ以上進展する可能性はなくなってしまった。デイビッドがマットの義理の弟になり、彼との辛《つら》い思い出がいつまでもつきまとってきたら、とても無理だ。

クレアの目には知らないうちに涙が込み上げ、静かに頬を伝った。

「今でもあいつを愛しているんだね？」マットは非難するように言った。

クレアは返事ができずに、ただ首を横に振った。

「いや、きみは今でも心から愛しているんだろう。自分の顔を見てごらん。今でもあの男のことが忘れられないと書いてあるから」

彼女にできるのは首を振り続けることだけだった。目を伏せると、涙がしたたり落ちる。

マットはため息をつきながら立ち上がった。「ティッシュを取ってこよう」

そのため息を聞いて、クレアはさっと目を上げた。

「愛してなんかいないわ。憎んでいるのよ」

「そうだろうとも。もちろんそうだろう。ティッシュを取ってくるよ」

マットは十枚以上ティッシュペーパーを持って戻ってきた。はなをかんだあと、クレアは少し落ち着きを取り戻した。

「あいつとのことを話したいかい？」

「話すことはあまりないわ。彼と会ったのはわたしが大学の最終学年のときよ。わたしは恋に落ちたの。彼のアパートで一緒に暮らしたわ。そして、別れたの。それだけよ」

「どれくらい一緒に暮らしたんだ？」

「四年間」

「四年間も！　驚いたな。どうして別れたの？」

　クレアはマットの顔をしげしげと見た。真実をありのままに話したほうがいいのだろうか？　バリー以上にデイビッドのことを悪く言ったほうがいいのかしら？　そんなことをしても何も変わらないだろう。マットの妹はだれの言うことにも耳を貸さないに違いない。以前のわたしと同じようにデイビッドを盲目的に愛しているはずだ。それにもしわたしが今何か言ったとしても、デイビッドはわたしの言葉を一つ残らず否定し、あるいは話をねじ曲げて、わたしが軽蔑《けいべつ》すべき人間であるかのような印象をみんなに与えるだろう。議員の娘ならきっと、彼にとって理想的な妻になる。二人は幸せになるかもしれない。

「デイビッドはもうわたしを愛していないと言ったのよ」クレアは簡単に答えた。

「それだけ？」

「ええ」

「ほかに女がいたのか？」

「わたしの知るかぎりではそんなことはないようだったけど、もしかしたらいたかもしれないわね」

「いやに冷静な言い方だな。少し前は胸が張り裂けんばかりに泣いていたのに」

　クレアは肩をすくめた。

「そんな話をだれが信じるものか」マットはついに感情を爆発させ、急に立ち上がって部屋の中を行ったり来たりした。「今までどんな女性に対しても感じたことがないほどきみを求めているのに、きみは今でも昔の恋人を追いかけている。しかもぼくの妹のフィアンセを！」いきなり彼女の前で立ち止まった。「教えてくれ。どうしても忘れられないほど、彼はすばらしい恋人だったのか？」

「それは誤解よ。わたしはデイビッドを忘れていないかもしれないけれど、すばらしい恋人だったからじゃないわ。彼のように冷たくて自分勝手な人はいないからよ。あんな人はもう愛していないわ！」

「ああ、そうかい？　ということは、あいつが誘惑してきても、飛んでいかないんだな？」

「ええ、行くものですか！　今、誘惑されて飛んでいきたい人は……あなただけよ」

「それならまだ、今夜ぼくとベッドをともにするつもりがあるのか？」

「あなたが望むなら……」

マットはすばやく近づき、腕をつかんで彼女を引き上げると、無理やり自分の目の奥をのぞかせた。

「だが、きみは望んでいないんだろう？　きみが欲しいのはこのぼくなのか？　それとも、ぼくは思い出の男の代わりにすぎないのか？」

クレアは頭がくらくらし始めた。愛していると言ってしまおうかとも思ったが、怖かった。デイビッドと同じように、マットが自分を傷つけるのではないかと怖かったのだ。

クレアの顔に苦悩が表れていたのだろう。突然、マットは彼女の腕から手を離してがっくりと肩を落とした。「嘘《うそ》をついているね。それに、何かを隠している。目を見ればわかるんだ」

クレアは彼の言ったことを否定し、自分の思いを打ち明けようとした。そのとき、バリーが部屋に飛び込んできた。

「マット、すぐに来てくれ。ジルが手を切った。ひどいんだ！　野菜を切っていて包丁が滑ってしまって」

マットは自信に満ちた足取りでバリーのほうへ歩いていった。「落ち着くんだ。ジルは心配ないよ。ぼくの車から鞄《かばん》を取ってきてくれないか？」

二人の男性は姿を消した。クレアはどうしたらよいのかわからず、その場に立ち尽くしていた。

「クレア！」キッチンからマットの声がした。「こっちに来てくれ！　手を借りたいんだ！」

キッチンの状況を見て、クレアは驚いた。マットが青ざめたジルの手に布巾《ふきん》を巻きつけ、まさにドクター・アーチャーのようにけが人に話しかけている。

そのとき、バリーが戻ってきて、本物のドクターの鞄らしきものを運んできた。クレアが口を開けて驚きの表情を浮かべると、マットは悲しげな顔をした。「ああ、これで秘密がばれてしまったね。ぼくは本物の医者なんだ。さあ、こっちに来て、看護師役を務めてくれ」

8

「どういうことかわからないわ、マット」クレアは言った。「わかるように説明して」

バーカウンターで三杯目のバーボンを注《つ》いでいたマットは、ゆっくりと振り返った。バリーは、ショック状態のジルをベッドに寝かせるために二階に行ったままだ。

マットの厳しいまなざしにクレアは後ずさりした。

「どうして？」ぶっきらぼうな返事が返ってきた。「説明したら何が変わるんだ？」

「でも、あなたは本物のお医者さまなんでしょう？」

「だから？」

「どうして最初に話してくれなかったの？」

「いつきみに話せば、まともな返事を返してくれたと言うんだ？　ひょっとして、舞踏会の夜にバンガラータには医者が必要だというスピーチをしたあとか？　きみのアパートで、きみがぼくをどう思っているのかがわかったあとか？　自動車事故にでくわしたときに、きみがからかったすぐあとか？」

「それでも、話してくれたほうがよかったわ」

「きみがデイビッド・マコーリフとのことを話したように？」

「それとこれとは話が違うわ」

「どんなふうに？」

「デイビッドのことは過去の話だけれど、これは今の問題でしょう。あなたは本物のお医者さまなのに、ドラマでお医者さま役なんか演じて、人生をむだにしているのがわからないの？」

「帰ってくれ。もうきみに用はない」

クレアはマットを見つめた。苦悩と困惑の涙があふれてくる。

「泣かないでくれ。女の涙は我慢できない。実を言うと、死ぬほど嫌いなんだ！」

「いったい自分を何さまだと思っているの？」怒りに駆られてクレアは言い返した。

「ぼくは男だよ。ずっときみを抱きたいと思い続けてきた男だ。それがどうしたって言うんだ？」

クレアは口がきけなかった。驚きのあまり、心が傷つくことはなかった。

マットは声をあげて笑い、彼女をにらみつけながらバーボンを飲んだ。「きみだって抱かれたいと思ってたんだろう。だが、偽善者ぶっているもんだから認めることができないんだ」

「酔ってるのね！」

「だといいけどね。酔わずにはいられないよ」

「いつまでもそんな話を聞いているつもりはない

わ」

「よし、二階へ行ってベッドに入ろう」

「一人で行って！」

「一緒に行くんだ」マットはグラスを置いて彼女を抱き寄せた。

　マットの唇はウイスキーと絶望の味がした。彼の情熱よりも、その絶望感にクレアはめんくらった。今夜は驚くような出来事が続いたので、彼が急に強引な態度で向かってきても、ほとんど抵抗する気力が残っていない。今マットの唇は彼女の喉元を愛撫《あいぶ》し、手はジャンプスーツの胸元のジッパーを引き下ろそうとしている。クレアはマットの行為を妙に冷めた目で見ながらも、同時に彼の妖《あや》しい欲望に引き込まれていった。

　マットは彼女をソファに押し倒すと、胸をあらわにして唇を寄せた。クレアは小さな声をもらし、自分でも信じられなかったが、知らぬ間に体をそらせてさらなる愛撫を求めていた。

　彼女はソファに横たわったまま、体の中に沸き上がる甘美な感覚に酔いしれていた。彼の右手はウエストから腰にかけて優しい愛撫を続ける。思わず悩ましげな声をあげ、クレアはさらに身をのけぞらせた。

　もっと続けて。もっと……。

　愛撫を受けるうち、クレアはしだいに震え出した。熱い感覚が全身をとかし、体中が恍惚《こうこつ》感に包まれていく。

　そのときバリーが階段を下りてきた。マットはすばやく彼女の胸をおおい、ジャンプスーツのジッパーを上げた。そのため、バリーがバーカウンターの後ろに入って二人に気づいたときには、クレアはまともな格好に戻っていた。しかし、彼女の精神状態はまともではなかった。

　幸いにも、バリーには二人が何をしていたか気づく余裕はないようだ。

「ジルは眠ったよ」ぼんやりとブランデーをグラスに半分ほど注いだ。「ああ、マット、本当にびっくりしたよ。ジルを失ったらどうしていいかわからない。きみがいてくれて助かった」

「そんなに危険な状態ではなかったんだよ」マットは立ち上がってカウンターのほうへ歩いていき、スツールに腰かけた。

「だが、あんなに血が出たじゃないか」

「たくさん出血する人もいるんだ」

「だが……」

「きみもショック状態だね。よく眠れるように、何かあげようか？」

「しかし、夕食はどうする？　きみたちは何も食べていないだろう」

「なんとかできるよ。そうだよね、クレア？」

クレアはマットをにらんだが、バリーを動揺させるようなことを言う気はなかった。

「ええ。どうぞ、もうベッドにお入りになって。わたしたちなら、だいじょうぶですから」

「さあ、薬をのむならアルコールはやめたほうがいい」マットは友人の手からグラスを取り上げた。

マットが二階へ行っている間に、クレアはキッチンへ逃げ込んだ。ジルが準備していた炒《いた》めものの材料を切り終え、食べるためというよりも何かしなくてはいられない気持からさらに動き回った。マットは思ったよりも長い間二階にいた。彼が戻ってきたときには、フライパンで炒めものを始めたところだった。

「いい匂《にお》いだ」二人の間に何ごともなかったかのような口振りで、マットは言った。

クレアがにらむと、彼は少し後ろめたそうな顔をした。

「わかってる。もう酔っていないから謝るよ。あんなことをするなんて度を越していたし、ひどいことを言ってしまったね。だけど、怒るにはそれなりの理由があったんだ」

「たとえば？」クレアは冷静にきいた。

「たとえば、デイビッド・マコーリフがきみの生涯の恋人だとわかったからさ」マットも同じように冷静に答えた。「それから、ぼくが今は俳優で、きみがすべきだと思っている仕事をしていないからというだけで、まるで下層階級の人間であるかのようにぼくを見たからだ」

「お医者さまは人の命を救うと誓うものでしょう。あなたのように腕のたしかなお医者さまを迎えるためなら、バンガラータの人々はどんな代償でも払うわ」

「ぼくはあそこでは満足できない」

「まあ、ご立派ね！　わたしもあそこで満足していると思う？」

「いや、していないだろう。出たほうがいいよ」

「ずいぶん簡単に言うのね！　出たほうがいいですって？　いかにもお金持が言いそうなことだわ！　あなたは違うと思っていたのに。あなただけは自分本位で身勝手じゃないと。あの……」

「いとしいデイビッドのように」マットが代わりに言った。「この話はやめよう。すでにめちゃめちゃになっている状態をますます悪くするだけだ。さっさと食事をしてベッドに入ろう」

「こんなことになったあとでもあなたとベッドをともにするなんて、本気で思っているの？」

「ああ。ぼくたちはもう引き返せないところまで来ているんだよ。ぼくにはそれがわかっているし、きみにもわかっているはずだ」

　クレアは何か強烈な言葉をぶつけようと口を開きかけたが、すぐに閉じた。マットの言うとおりだ。ああ、悔しい。

マットは彼女の苦渋に満ちた瞳から視線をそらし、フォークを取って料理を味見した。「うまいよ、クレア。きみは手際がいいんだね。そのうちいい奥さんになるだろうな」

「でも、あなたのじゃないわね」

「ぼくたちが結婚するなんて考えられないだろう？　さあ、また喧嘩《けんか》を始めてきみがここから飛び出す前に、二人とも黙ったほうがいい。飛び出そうとしても、それほど遠くまでは行けないからね。手荒な真《ま》似《ね》はしたくないんだ。だが、どうしてもそうしなければならない場合はやむをえないけどね」

クレアは目を丸くした。

「といっても、レイプにはならないだろう。自分をごまかすんじゃないよ、スイートハート。怒りがきみを興奮させる。ぼくがきみを興奮させるんだ。さあ、ぼくがメインディッシュを抜かして今すぐデザートへ向かいたくなる前に、食事を始めよう」

クレアのベッドルームに入ったとき、二人は明かりをつけなかった。二人とも黙ったままだ。

ドアを閉めたとたん、マットは彼女を自分のほうに向かせて唇を奪った。唇と心を虜《とりこ》にしたまま、ジッパーを下ろしてジャンプスーツを肩から脱がせ、腕を抜く。ジャンプスーツが床に落ちた。彼はクレアを抱き上げてベッドへ運んでいくと、片腕で彼女を抱いたままベッドカバーをはがし、真っ白なシーツの上に下ろした。

クレアはベッドにじっと横たわっていた。徐々に目が闇《やみ》に慣れてくると、カーテン越しに入り込む月明かりでマットの姿が見えてくる。彼はポロシャツを脱いで椅子の背に放《ほう》り投げてから、靴を脱ぎ、ジーンズのボタンをはずした。

ほかの部分と同様、彼の体もすばらしい。たくましい上半身は下へ行くほどスリムになり、引き締まった腰、筋肉のついた長い脚へと続いている。カールした胸毛もセクシーだ。

　マットは椅子に腰かけてソックスを脱ぎ、足元にきちんと置くと、ジーンズを拾い上げてポケットから小さな袋を数個取り出した。それから彼女のほうに近づき、ベッド脇《わき》にあるテーブルに袋を置いた。袋は四つある。

　クレアはさっと目を上げた。

「この次はちゃんと準備すると言っただろう。さあ、今度はきみを生まれたままの姿にしてあげよう」

　下着を一つ一つ剥《は》ぎとり、マットが片方の胸のふくらみを愛撫し始めると、クレアは今までにも増して狂おしい思いに駆られた。突然、愛撫されるままになっているのが耐えられなくなった。わたしも彼に触れたい。彼が見かけどおり激しく燃えているのかどうか、たしかめたい。クレアはマットの体をまさぐり始めた。指で首筋から背中、そして腰へとやさしく愛撫する。マットはあえぎながらベッドの上にあおむけに倒れた。彼女は片肘をついて起き上がり、今度は彼の胸にも熱い攻撃を開始した。

　そのとき突然、大きな手が彼女の手を包んだ。潤んだグレーの瞳が苦悶《くもん》に満ちたブルーの瞳と出合う。

「そろそろこれを使うときだ」マットは袋を一つ取った。「つけてくれ。ぼくにはできない」

「わたしが？」

「ああ、きみがだ」

　最初は手が震えたが、クレアはなんとか言われたとおりにした。正直なところ、妙に情熱をかきたてられる行為だった。それはマットも同じらしい。

　クレアは今、心も体も彼に捧《ささ》げていた。やがて、二人同時に歓喜の叫びをあげ、大きな感動の波に押し流されて一気に高みへ上昇していった。

　マットがそっと唇に口づけしたのに気づいて、クレアは目を覚ました。

　しばらくの間、頭によみがえるのは昨夜のすばらしい愛の営みだけだった。だが、さらにいろいろな記憶が押し寄せてきたとき、彼女は顔をしかめた。

「マット」口づけの合間に言った。

「なんだい？」

「どうしてお医者さまの仕事をしないの？」

　疲れたようなため息をつきながらマットは彼女から離れ、ベッドの端から脚を下ろした。「どうしてもそのことが忘れられないのかい？　ぼくは今、俳優なんだよ。ぼくは人を楽しませている。それは人を健康にするのと同じくらい大事なことなんだ」

「ええ、でも……」

　マットは急に振り向いた。「一晩一緒に過ごしたからといって、ぼくが命がけでやると決めた仕事についてあれこれきく権利はきみにない。ぼくは医者の仕事が嫌いだったんだ。俳優の仕事は好きだ。きみがそんなにがっかりしているなんて残念だよ」

「いいえ、違うの。ごめんなさい」

「頼むから謝らないでくれ。謝ってなんかほしくないんだ。きみからは何も欲しくない。ただし、ゆうべきみがくれたものは別だけどね。ぼくとのこういう関係についていけないと思うなら、どうすればいいかはわかっているだろう」マットは荒々しく言った。「今のままの関係を受け入れるか受け入れないかはきみの自由だ」彼女の返事を待たずにすばやく衣類を拾い上げると、マットは部屋から出ていった。

　シャワーを浴びて身支度を整えたあと、クレアはマットの部屋のドアを叩《たた》いたが、返事はなかった。階下へ行くと、キッチンにバリーがいてジルのために朝食の用意をしている。

「ジルの具合はいかがですか？」クレアはたずねた。

「いいよ。マットに打ってもらった注射のせいで、まだ少しぼんやりしているけどね。ところで、マットは馬で出かけたよ」

「あら、そうですか」

「喧嘩でもしたのかい？」

「ええ、まあ」

「マットが医者だったと言わなかったことで？　それとも、マコーリフのことで？」

「実を言うと、マットがお医者さまの仕事をしていないということで。どうしてマットはお医者さまの仕事が嫌いなんですか？」

　バリーはため息をついた。「悪いが、わたしの口からは言えないよ。ジルもわたしもその話はだれともしないと約束したんだ。直接マットにきいてくれ」

「きいたんです」

「それで？」

「話してくれませんでした」

「気長に待ちなさい。だが、せっついてはいけないよ。愛しているなら、あるがままのマットを受け入れるんだ。彼を愛しているんだろう？」

　クレアはうなずいた。熱い思いが込み上げてきて、胸がいっぱいになった。

「そうだと思ったよ。だが、マットにはまだ言わないでおこう。今言ったように気長に待つんだ。マットはとても複雑な男でね。おまけに、あまり自分のことを話したがらないんだ」

「それはわかっています」

「馬には乗れるかい、クレア？」

「少しだけ」

「このトレーをジルのところへ持っていったら、きみを馬小屋へ連れていって、おとなしい馬に鞍《くら》をつけてあげるよ。それから、マットがどっちの方向へ行ったか教えてあげよう」

「本当に？」クレアはうずうずしながらきいた。

　バリーは顔をほころばせた。「本当にマットを愛しているんだね？」

クレアはふたたびうなずいた。

マットは川岸に腰を下ろして、打ちひしがれた表情をしていた。それを見たクレアは同情し、自分から二人の関係を壊す気にはなれないと思った。

「またぼくを非難しに来たなら、間に合ってるよ」

クレアが隣に腰を下ろすと、マットは冷たく言った。

「お説教を聞きたい気分じゃないんでね」

「それなら、何をしたい気分なの？」

「守れない約束は最初からしないでくれ」

「ええ」

「それじゃ、ぼくが提案した取り決めを承知したと思っていいんだな？」

「ええ」

不思議なことに、マットは怒り出した。「ずいぶん簡単に言うんだな！　答えはそれだけかい？　どうして二人の関係を始めるつもりがないのか、あんなにいろいろ理由を並べたてていたくせに」

クレアの胸が高鳴り出した。自分の無鉄砲さに気づくと同時に、彼の目が情熱的に輝いたことに気づいたからだ。それは、砂漠に吹く風のように熱く激しい情熱だった。

「気が変わったの」クレアは震え声で言った。「心変わりは女の特権でしょう？」

熱く燃えるブルーの目が険しくなった。ためらうこともなくマットはクレアの肩をつかむと、さわやかな香りのする草に彼女を倒して、首の付け根に鼻を押しつけた。「それじゃ、そのつもりで準備はしてきたんだね？」

驚きと興奮でクレアは息をのんだ。まさか、マットはこんなところで愛し合うつもりでは？

「どうやらしていないようだね」

マットは顔を上げ、彼女のジーンズのウエストのボタンをはずした。その目に非情な決意を感じとり、クレアは茫然《ぼうぜん》となった。同時に、信じられないほど情熱をかきたてられた。

「心配しないでいい。小さなハードルを越える方法はたくさんあるから」

マットはそう言うと、貪《むさぼ》るように彼女を求め、情け容赦なく愛撫を浴びせかけた。そのひとときは、言葉で言い表せないほどすばらしかった。

9

「ママは知ってるわよ」サマンサが生意気な口振りで言い、キッチンのスツールに腰かけた。

「何を？」クレアはじゃがいもの皮をむき続けた。

それはスリー・ヒルズへ行ったあとの火曜日のことだった。両親がブリッジ・パーティへ行っている間、クレアは妹の相手をしていた。

「昔のボーイフレンドとつき合ってることよ」

「そう？」

「ええ。バンガラータ中の人たちが電話と薔薇《ばら》の花束の話を知っているし、この前の週末に姉さんがどこへ行ったのだろうって噂《うわさ》してるわよ。ママはこう言ってたわ。きっとお花を贈ってくれた人と一緒に過ごして、その人とベッドをともにしてるんでしょう、って」

「あなたにそんなことを言ったの？」

「とんでもない！　パパにそう言ってるのを立ち聞きしたのよ。それに、お姉さんはばかだとも言ってたわ。ただでミルクをくれるなら男は牛を買うわけない、とかなんとか」

　クレアは口を固く結んだ。今口を開いたら、間違いなく後悔するようなことを言ってしまう。

「でも、わたしはママには賛成できないわ。好きだったら一緒にベッドに入ったらいいのよ。最近は、バージンと結婚しようと思ってる人なんていないもの」

「サム！　いいかげんにしなさい。あなたはまだ子供じゃないの！　これは……」

「姉さんは彼を愛してるの？」

　クレアはつばをのみ込んだ。さまざまな場面が頭に浮かんだが、どれ一つとして愛情と結びつくものはない。スリー・ヒルズでの週末が終わるころには、彼女はもう二人の関係が単なる肉体の結びつきにすぎなくても平気になった。彼女が求めるのは、マットの肉体と単純な快楽だけだった。彼は、二人の間に芽生え始めた愛を、滑稽《こっけい》だと言って取り合わなかった。そう思うと、にわかに彼が憎くなってくる。

「姉さん？　まだわたしのきいたことに答えてないわよ。姉さんは彼を愛してるの？」

「彼なんていないわ」クレアは噛《か》みつくように言った。「ちょっとうちから逃げ出したかっただけ。ママに言っておいて。これからはもっとちょくちょく逃げ出すからって！」

　日曜日の夜、マットはクレアを家まで送り届け、また電話をかけると言った。彼女は電話がかかってくるのを心待ちにしていたが、今のところ彼からの電話はない。

　水曜日も木曜日も電話はなかった。金曜日になると、マットは二度と電話をくれる気はないのだろうと思い、クレアはいても立ってもいられなかった。

　その日の午前、やっとマットは薬局に電話をかけてきた。彼は、クレアのところに寄る余裕はないが、ダボ空港にファーストクラスの往復航空券を手配しておくから、もしよければ土曜日の午後の便でシドニーに来ないかと言う。そして、彼は手荷物受け取り所のコンベアー付近で待っているとつけ加えた。

　クレアは素直に承知した。マットが電話を切ったあと、しばらく彼女は何も聞こえない受話器を見つめていたが、やがてしびれた指で受話器を置き、椅子に腰を下ろして両手で顔をおおった。

　だれかが肩にそっと手を置いたので、クレアはぎくっとした。「また例の人？」サリーがきいたが、けっして意地の悪い言い方ではない。

　クレアはうなずいた。

「シドニーへ行って、その人に会ったほうがいいかもしれないわね」サリーは言った。「ハンサムでお金持の男性は完璧《かんぺき》な人生のパートナーにならないかもしれないけれど、完璧な人なんていないでしょう？　完璧な人が見つかるのを待っていたら、死ぬまで孤独なハイミスでいることになるわよ」

「ずいぶん意味深長なことを言うのね」

「〝意味深長〟って？」

「気のきいたことっていう意味よ。本当に気がきいているわ」

　サリーはうれしそうな顔をした。

「あなたのアドバイスに従おうと思うんだけど、そうしたら、月曜の朝はちょっと開店が遅れるかもしれないわ。あなたは少し朝寝坊して、十時ごろ出社してくれる？」

「ええ。朝寝坊できるなんて、うれしいわ」

「それから、サリー……」

「えっ？」

「このことはだれにも言わないで。いい？」

一瞬サリーはひどく困った顔をしたが、すぐに顔をほころばせた。「あなたが秘密を守ってくれるなら、わたしも守るわ」

「あら？　あなたの秘密って？」

「赤ちゃんが生まれるのよ！」

　翌日の午後はどんより曇っていた。クレアは車でバンガラータを出発し、ダボ空港へ向かった。飛行機がシドニーのマスコット空港に着陸したころには雨が降り出した。彼女はマットが約束の場所に来ていないのではないかと急に心配になり始めた。

　しかし、彼は来ていた。たくましい体を、カジュアルな象牙《ぞうげ》色のズボンとブルーとブラウンの派手な柄物のシャツで包んでいる。例のラップアラウンド・サングラスは彼の正体を隠すのに役立っているようだ。

　とてもセクシーだが少し近寄りがたい雰囲気のマットを見て、クレアは胸がどきどきした。彼は落ち着き払って近づいてくると、クレアの肩をそっとつかんで頬に軽くキスした。

「来てくれてうれしいよ、クレア。会いたかった。きみもそうだろう？」

「ええ」クレアはかすれ声で言った。「航空券をありがとう」

「どういたしまして」

「今日はいやに礼儀正しいのね」

「きみの服を剥《は》ぎとって、手荷物用のコンベアーの上に放《ほう》り投げるよりもいいだろう？　今ぼくが本当にしたいのは、まさにそれだけどね」

　全身に熱い感覚が広がって、クレアは真っ赤になった。

「きみのスーツケースはどれ？」マットはいきなり

きいた。「少しでも早くここから出よう」

「あれよ」

「よし」マットはスーツケースをつかんだ。

空港ターミナルの外へ出たとたん、突然激しい雨が降り出した。二人は大急ぎで車へ向かったが、ずぶ濡《ぬ》れになってしまった。

「びしょ濡れだわ！」シルバーグレーのセダンの助手席に押し込まれたとき、クレアは叫んだ。

「かまわないさ」マットは身を乗り出して彼女のシートベルトを締めた。「濡れているきみが好きなんだ」

クレアは顔を上げたが、サングラスの奥の目がどこを見ているのかわかると、息遣いが速くなった。濡れたTシャツの下で胸が硬くなる。彼はちょっとためらったあと唇を寄せた。初めはゆっくりとしたやさしい口づけだったが、彼女が息苦しくなって唇を開くと急に激しさを増した。

いつものようにマットのほうが自制心を働かせた。体を引いて苦笑いすると、車のドアを閉めて反対側へ回り、運転席におさまった。

「どこへ行くの？」車が走り出してすぐに、彼女はきいた。

「だれにも邪魔されないところさ」

「キリビリのアパート？」

「ああ」

間もなく車は市内に入り、ハーバー・ブリッジへ通じる道路を走り始めた。クレアがシドニーの風景を見るのは二年ぶりだ。霧雨が降っていても、今までと変わらず息をのむほど美しい。ある意味では今まで以上だ。雨に濡れた通りはかすかに光り、路面に街の明かりが映っている。橋を渡るとき、眼下の港を見てあらためて驚いた。なんてすばらしい風景だろう。

車はカーヒル・ハイウェーを下りて傾斜の急な狭

い通りを何本も通り抜けたあと、袋小路に入った。そこには高層の高級アパートが立っていた。ガードマンのいる地下駐車場に車を止めたあと、二人は無言のままエレベーターに乗り込んで二十一階へ向かった。

エレベーターのドアが開く。マットは片手でスーツケースを持ち、もう片方の手でクレアの肘をつかむと、彼女を案内して廊下を進み、六の番号がついているクリーム色のドアの前で立ち止まった。たくさんのキーの中から金色のキーを選んで真鍮《しんちゅう》の錠にさし込むと、流れるような動きでドアを押し開ける。

バルコニーから見える港の壮大な風景は別として、マットの部屋はクレアが想像していたものとはまったく違っていた。彼女が思い描いていたのは、マットの忙しい生活に合わせた飾り気のない実用的な部屋だった。ところが目の前にあるのは、気持をなごませてくれるような、温かい雰囲気のある部屋だ。全体的にやわらかなアースカラーでまとめられ、たくさんの鉢植えが置かれている。

マットはL字型のリビング・ダイニングとは別の部屋のドアを開けた。「ぼくのベッドルームだよ」クレアのスーツケースを中に入れる。「ここには専用のバスルームもついているけど、別にもう一つあるんだ」二番目のドアを指さしてから、向きを変えて別の引き戸を開けた。「ここがキッチンで、きみの後ろにあるドアが二つ目のベッドルーム。ぼくたちには必要ないけどね」

「できたら、シャワーを浴びて着替えたいわ」クレアは努めてさりげなく言った。「食事は外でするの？」

マットはクレアに近づいてきて、抱き寄せた。

「ばかなことを言うんじゃない。きみがここにいるんだから、ベッド以外はどこへも行かないよ」

　クレアは思わずハンドバッグを金色の床に落とし、両手でマットの首にしがみついた。二人は熱狂的に唇を奪い合い、激しく求め合う。マットの両手は彼女の背中を滑り下りて腰をつかみ、ぐっと自分の体のほうへ引き寄せた。

「ああ、マット」ついにマットの唇がクレアの唇を離れて喉へ滑り下りたとき、彼女は抗議の声をあげた。

　とぎれとぎれにため息をつきながら、マットは彼女を放した。「すまない」サングラスを取ると、瞳から熱い思いがあふれている。「一週間も離れていたせいで、ぼくはかわいそうなくらいこたえているよ。だが、きみの言うとおりだ。性急になりすぎた。シャワーを浴びておいで。ぼくもそうするから」

　シャワーはクレアの燃え上がった情熱をほんの少しだけ冷ましてくれた。鏡に映る自分の裸身を見たくないので、家から持ってきた象牙色のシルクのローブを着てから、髪をとかして香水をつけた。さまざまな種類の化粧品から予備の歯ブラシにいたるまで、バスルームには女性客のためにいろいろなものが用意されている。

　その光景を見て、クレアの心に恐ろしい考えがよぎった。わたしと出会う前、マットには別の女性がいたのだろうか？　彼はわたしだけだと約束したけれど、ちゃんと守っているのかしら？　なかなか消えない疑念を最終的に追い払ったのは、彼女自身の燃えたぎる情熱だった。マットはベッドルームでわたしと愛し合うのを待っている。そんな彼の気持を踏みにじるようなことをするつもりはないし、言うつもりもない。そんなこと、できない。絶対に！

　マットのベッドルームは空っぽで、一つだけついているスタンドの薄明かりが、大きなベッドを照らし出していた。すでに羽毛入りのキルトは折り返されている。バスルームからシャワーの音が聞こえてきた。クレアは大きな窓のほうへ歩いていき、ずっしりと重い金色のカーテンを開けた。

高層アパートなので、ほかの建物の屋根で風景がそこなわれることはない。雨雲が星を隠しているが、月はおぼろげながら見える。クレアはその場に釘《くぎ》づけになり、雲に隠れたり雲から出たりする月を見ていた。

マットの手がそっと肩に触れた瞬間、彼女は少しぎくっとした。

「星が見えなくて残念だね」彼は後ろからクレアを抱き寄せて片方の耳に唇を押しつけた。全身に鳥肌が立ち、彼女はぶるぶるっと身を震わせた。「寒いの？」クレアの腕をやさしくさする。

「いいえ」クレアは目を閉じて首を少し回し、情熱をかきたてる唇から離れて緊張をほぐそうとした。マットは相変わらず腕をさすり続け、今度は彼女の耳を唇ですっぽり包み込んだ。クレアの心臓は狂ったように鼓動し、ぞくぞくするような感覚が脚のほうまで広がった。彼女は振り返ってマットと向かい合おうとしたが、彼はそうはさせず、ウエストに腕を絡ませて無理やりそのままの体勢を続けさせた。

「あわてず、ゆっくりとね」マットの手は彼女のウエストに巻きついているサッシュをほどき、時間をかけてシルクのローブを開いた。指先が素肌に触れた瞬間、クレアはくぐもった声をもらした。

そのとき目に飛び込んだのは、窓にかすかに映る自分の姿だった。裸同然でマットにもたれかかっているではないか。口の中がからからになり、心臓が大きな音をたてている。マットの細長い指は彼女の平らな腹部を動き回ったかと思うと、小さいけれども形の整った胸へ迫った。硬くなった胸に彼の指がそっと触れた瞬間、クレアは息をのんだ。ところが、彼の手はそこから動かなくなった。

「とてもきれいだよ」マットはつぶやいた。

クレアはもっとマットの肌の感触を知りたくて、彼にもたれかかった。マットの手は胸から滑り下りて腰の曲線をたどっていく。彼はまた、ゆっくりと身をくねらせて情熱の高まりをクレアに知らせた。そのとき初めて、彼女は気がついた。マットは何も身に着けていない。二つの体を隔てるものはシルクのローブだけだ。マットは彼女を抱いたまま体を動かし続ける。その動きはまさに拷問だ。クレアはそれ以上我慢できなくなった。

「マット」彼の腕の中で向き直り、唇を求めた。

マットは声をあげて笑うと、キスはせずにローブを取り去り、さっと彼女を抱き上げた。「せっかちなお嬢さんだね」かすれた声で言い、彼女をベッドへ運んでいく。やわらかなカバーの上に彼女を下ろしたあと、束《つか》の間《ま》その場にたたずんでいぶかしげな目つきで見つめた。やがてクレアの顎に手を滑らせて顔を持ち上げ、ほかの部分はまったく触れずに唇だけを重ねた。彼女は熱心に彼の口づけに応《こた》えたが、体はなおいっそう落ち着かなくなった。ふたたびクレアが手を伸ばしたとき、彼は身を引いて半分閉じたまぶたの下から彼女を見た。

「からかわないで」クレアは不満の声をあげた。

マットはにこっと笑うと、隣に横たわって長々と彼女の体をまさぐった。「きみをからかうのが好きなんだよ。きみが悩ましげな声をもらすのが好きだ。ぼくが喜びの声をあげるようなことをしてくれるのも好きさ。さあ、ぼくに喜びの声をあげさせてくれ」彼女の体を持ち上げて自分の上に乗せた。クレアが頭を下げ、髪が前に垂れる。彼はその髪を後ろに振り払ってから、ゆっくりと彼女を引き寄せて自分の唇に近づけた。

クレアが思いのままに唇を奪うと、マットは喉の奥で声にならない声をあげたが、彼女の唇が離れて体へ移っていったときは、緊張感を漂わせながら沈黙を続けた。だが、クレアの熱い唇がマットの胸に触れた瞬間、彼の口から息をのむ声がもれた。彼女はマットの胸をやさしく攻めたてながら、彼が歓喜に悶《もだ》える声に喜びを感じていた。しかし、クレアの唇がさらに下へ動いていくと、彼のあえぎは苦しげな低いうめき声に変わった。

「ああ、クレア」

マットの全身の筋肉がこわばるまで、彼女は愛撫《あいぶ》をやめなかった。爆発寸前で彼は震えている。そのとき、クレアは彼がさりげなくベッド脇《わき》に置いていたものに手を伸ばした。彼はうつろな目で唇を開き、速く浅い息をしている。

「早く」マットは低い声でうめいた。「頼むから、早くしてくれ」

クレアは声をたてて笑い、言われたとおりにはしなかった。わざと時間をかけて、彼の情熱が少し冷めるようにしむけた。

クレアはそのあともわざと緩やかな動きでマットをじらした。しかし、彼女自身の欲望が優勢になると、体は情熱的なリズムで波打ち始め、彼を灼熱《しゃくねつ》の炎の中にどんどん引き込んでいった。あらゆる思考が止まって、忍耐の限界に到達したとき、クレアは二人の中で炸裂《さくれつ》する喜びに身を委《ゆだ》ねた。これほど強烈な歓喜と恍惚《こうこつ》感は、今まで感じたことがない。全身を焼き尽くす熱い感覚からようやく解放されると、彼女はマットの上に倒れ込み、しっかりと彼を抱き締めて満ち足りた思いに包まれながら身を震わせた。

「ああ、マット」

マットはクレアを強く抱き締めて、頭に唇を押し当てた。「わかってるよ。ぼくも同じ気持だ。今まで、こんな気持になったことはなかったよ」

その言葉を聞いて、クレアは感動した。「わたしもこんな気持になったことはないわ」

「デイビッド・マコーリフとのときでも？」

クレアはさっとマットの胸から顔を起こした。

「ええ、一度もないわ！」

「それじゃ、今でも彼を愛しているわけじゃないんだね？」

「もうずいぶん前から愛していないわ」

「それじゃ、顔を戻して。首にしわが寄るよ」

「でも、マット、わたしは……」

「しっ」マットは彼女の唇に三本の指を当てた。「この週末に一番したくないのは、貴重な時間を費やしてきみの昔の恋人の話をすることだ。その唇はもっと大事な気晴らしのために取っておいてくれ」

「あなたって意地悪ね。わかっているの？」

「きみがそばにいるとそうなってしまうんだよ」

「それにしても、週末ずっとベッドで愛し合うわけにはいかないわね」

「わかってるよ。たまには起きてバスルームにも行かなくてはならないね」

「食べ物はどうするの？」

「ぼくは二十四時間何も食べなくても、愛だけで生きられるよ」

クレアはつばをのみ込んだ。マットは、自分が何を言っているのかわかっているのだろうか？「わたしもよ」声を詰まらせながら言った。

二十四時間、二人はハネムーンのように幸せな時を過ごした。一、二度軽食をとりに行ったが、それ以外はほとんどベッドの中だ。マットはだれにも邪魔されないように受話器もはずしてしまった。

彼は二度と愛という言葉を口にしなかったが、いろいろな形で愛していることを証明してみせた。ときにはやさしさで。ときには思いやりで。また、ときには情熱で。クレアは、彼が率直に愛を告白するのは時間の問題だと思った。

ところが、日曜日の夕方、二人のユートピアは突然終わりを迎えた。

二人が新鮮な空気を吸いに行こうと着替えを終えたとき、玄関のドアを激しく叩《たた》く音が聞こえた。マットは急いでドアを開ける。

「いてくれてよかった！」見るからに途方に暮れた様子のビルが飛び込んできた。「どうして受話器をはずしていたんですか？」ベッドルームの戸口にたたずむクレアを見て驚いた。「これは？」物問いたげな表情でマットのほうを向く。

「クレアは、週末をシドニーで過ごすために来たんだよ」マットが落ち着き払って説明した。「どうしてそんなにあわてているんだ？」

「お母さまが、午後中ずっとあなたに連絡をとろうとしていたんです。最後にわたしのところに電話をしてきて、ここにあなたがいるかどうかたしかめてきてほしいと頼んだんですよ」

「何かあったのか？」

「ティリーのことなんです」

「ティリーがどうしたんだ？」

「自殺を図ったんです。睡眠薬をたくさんのんで」

クレアは前に進み出た。「まあ、マット……」

マットは疲れたようなため息をもらした。「今どこにいる？　病院か？」

「いいえ、ご両親の家です。医者が来て、入院する必要はないと言ったそうですが。どうやらティリーはフィアンセと喧嘩《けんか》して、もう生きる望みがないと悲観したらしいんです」

「そうか」

「ティリーがあなたに会いたがっているそうなんです。ミセス・シェフィールドには何も話そうとしないとか。お父さまはお留守ですし」

「いつものことだろう？」マットは不平がましく言った。「わかった。すぐに行くよ。どうする、クレア？一緒に来たほうがいいかもしれない。いずれうちの家族とも会わなくてはいけないから、最悪の状態のときに会うのもいいんじゃないかな？」

実際、マットはクレアに断る機会を与えず、あっという間に彼女をせきたてて部屋をあとにした。緊張感と静寂が広がる車中で、クレアはデイビッドと鉢合わせするのではないかと心配した。

「そんなに悲しそうな顔をしなくていいよ」マットは元気づけた。「運がよければ、マコーリフはうちにいないだろう。だが、いずれにしても、きみたちの間に何があったのか、とくにどうして別れたのかきちんと話してくれないか。ぼくのためではなくテイリーのためにね」

クレアは心を決めて、できるだけ穏やかに冷静に一部始終を説明した。マットは何も言わずに話に耳を傾け、一度も質問をはさまなかった。

シェフィールド家はリンドフィールドにあり、両側に並木の続く静かな通りに面していた。二階建ての趣のある家で、窓は小さい。壁には蔓《つる》植物が這《は》い、イギリスの荘園《しょうえん》領主の邸宅を思わせる。ビルは一緒に来なかったが、クレアはまだ気まずさを感じながら、マットのあとをついていった。彼は玄関前の小道を足早に歩き、大きな音をたててドアを叩いた。

家の中からだれかが出てくるのを待つ間、クレアは落ち着かなげに足踏みをした。苦しい時間が流れたあとようやくドアが開いたが、彼女の最大の不安が現実のものとなった。

「こんなところで何をしているんだ、マコーリフ！」マットが叫んだ。

10

マットはデイビッド・マコーリフを押しのけて玄関に入っていく。続いて暗がりにいたクレアが前に進み出た。そのとき初めて彼女に気づいたデイビッドは、表情豊かな目を見開いた。「クレアか？」

「こんばんは」クレアはデイビッドの愕然《がくぜん》とした顔から目をそらして、マットの横に並んだ。

「再会のおしゃべりはもう少し待ってもらおうか」マットはそっけなく言った。「母はどこだ？」

「二階ですよ」相変わらずクレアに目を向けたまま、デイビッドは答えた。「妹さんと一緒に」

「マコーリフ、もう一度きくが、いったいここで何をしているんだ？」

「デイビッドはとても辛抱強くて思いやりのある人ですよ」その言葉に一同が振り返ると、やつれた顔をした長身の女性が階段を下りてきた。「そんな失礼な態度をとるなんて、あなたらしくないわ、マット」

「母さん、ぼくは……」

「そちらはどなた？」ミセス・シェフィールドは硬い口調でたずねた。

「クレアは友達なんです。ちょうど出かけようとしていたときに、ビルがやってきたもので」

「それで、ここに連れてきたというわけなの？　こんなときに？」

「よしてください。どうしてぼくの行動が批判されなければいけないんです？　ティリーと、彼女のフィアンセが……」マットは蔑《さげす》むようにデイビッドのほうを指さした。「この騒ぎを引き起こしたんでしょう？　どうしたらよかったと言うんです？　クレアを置き去りにしてくればよかったとでも？　さあ、ぼくのたった一人の妹は今どこにいるんです？」

「一緒にいらっしゃい」母親は低い声で答えた。「あなたのお友達は、ここにいていただいたほうがいいわ。デイビッドが書斎に案内して、お飲み物を勧めてくれるでしょうから」

マットはクレアとデイビッドの両方を鋭い目つきで見たあと、「いいアイディアだね」と言い、母親と一緒に階段を上っていった。

二階のどこかでドアの閉まる音がしたかと思うと、家の中は不気味なほど静まり返った。デイビッドもクレアも微動だにしない。

「久しぶりだね、クレア」ようやく彼は口を開いた。「時の流れはきみにすばらしい変化をもたらしたようだ。本当に、どきっとするほどきれいだよ」

クレアの視線は、きちんと手入れされた濃いブロンドの髪から彫りの深い顔へ移り、官能的な口元を通り越して洗練された服に包まれた体へと下りていった。かつてはデイビッドが目の前にいるだけで情熱をかきたてられたものだ。けれど、今は彼にキスされても少しも心を動かされないだろう。

「あなたもすてきよ」クレアは冷ややかに言ったが、心はまったく冷静というわけではない。デイビッドと一緒にいるように勧めたときのマットの表情が、気になっていたのだ。「書斎はどこかしら？　何か飲みたいわ」

デイビッドは魅力的な笑顔を見せた。「ぼくもだよ」彼は広い玄関ホールをつっきると、大きくドアを開いて一歩後ろに下がり、クレアに先に入るよう身振りで示した。彼女はそれに従った。部屋に入るなり、いかにも男性の好みそうな装飾が目に飛び込んできた。革張りの椅子、黒塗りの書棚、重厚な木製の机。一つの壁は上のほうに豪華な装丁の本が何列も並び、その下にある幅広の長い棚にはさまざまな種類の飲み物を並べたトレーが置かれている。デイビッドはその棚に近づき、きれいなグラスを二つ取った。「何にする？」

「コニャックにするわ」

彼は二つのグラスに同じものを注《つ》いで、片方をクレアに渡した。「なつかしい友達に乾杯」彼女の目から視線をそらさずに、グラスを口元へ持っていく。

クレアはコニャックを飲んだ。「わたしたちはなつかしい友達なんかじゃないでしょう？」

「そうかな？」デイビッドは机の端に腰かけた。「座ってくれよ。そこに立っていられると落ち着かないんだ」

クレアは近くにある椅子に腰を下ろした。「何があっても、あなたは落ち着かなくなったりしないでしょう」

「いやみのつもり？」

「本当のことよ」

「ああ、きみはいつもそんなふうに物事を白か黒かに分けて考える人だったね」

「もうそんな考え方はしないわ。ときには灰色になることもあると学んだの。自分の失敗からね」

「二年前にそれがわかっていなくて、残念だ」

「わかっていたら、あなたが結婚はできないと言ったあとでこのまま愛人関係を続けないかと持ちかけたときに、わたしが応じただろうということ？」

「いいじゃないか。結局はぼくの気持が変わったかもしれないよ。今のきみを見てごらん。すっかり落ち着いて自信にあふれて、とても洗練されている。それに、この町で一番人気のある独身男性をお供に従えているじゃないか。ぼくが知っている、さえない女子学生とは大違いだよ！」

クレアは甲高い声で笑った。「知っているですって！　ずいぶんあっさりした言い方をするね。とてもわたしたちの関係を正しく表現しているとは言えないわ」椅子から立ち上がり、目に憎悪の炎を燃やしながら彼に近づいた。「四年間、わたしの人生をあなたに捧《ささ》げたのよ。四年もの間、実質的な恩恵は何も受けずにあなたの奥さん役をしたわ。あれはわたしの道徳的信念を大きく曲げることだったけど、あなたの言葉にはとっても説得力があった。わたしが信念を曲げたのは、あなたが愛してくれていると思ったから。経済的に自立したらすぐに結婚する、と約束してくれたのは本気だと信じたからよ。あなたは嘘《うそ》をついたわ。嘘をついてわたしを利用したのよ。わたしから奪いとるだけで、何も返してくれなかったじゃない！」

「そう？　たしかきみはぼくからいろいろなものを手に入れたんじゃなかったかな？」デイビッドの笑みにはほんの少し悪意が混ざっている。

「あなたならそれぐらいひどいことは言うでしょうね。あなたの頭にあったのは、いつもセックスだけだったくせに」

「きみだって好きだったじゃないか」デイビッドはグラスを置いて机から下りた。クレアの手からグラスを取って、同じように置く。「クレア、言い争うのはやめよう。あれはみんな過去の話さ。もちろんぼくたちは友達になれるよね？　なにしろ、きみはまた例の道徳的信念とやらを忘れたようだから」

デイビッドの言っている意味がわからず、クレアは彼を見つめた。

「マット・シェフィールドの女好きは有名な話さ。まさか彼とベッドに入っていないはずはないよね？」

「わたしの私生活はあなたに関係ないでしょう」

「同じ過ちを繰り返してほしくないんだよ」

「どんなふうに？」

「ああ、まさかマット・シェフィールドが結婚してくれるなんて期待していやしないよね？」

「何も期待していないわ」

「よかった。またきみが傷つくのを見たくないからね。こういうことになってぼくがどんなに後悔しているか、きみにはわからないだろう」デイビッドはそっと彼女の頬に触れた。彼の笑みは信じられないほどやさしくて説得力がある。「今夜ここでこんなにもきれいなきみを見て、とんでもない間違いを犯したと思い知らされたよ。父の言うことなんかきかなければよかった」

デイビッドは芝居がかったため息をつきながら背を向け、がっくりと肩を落とした。

「お父さまがどうしたの？」

デイビッドは勢いよく振り返った。濃いブラウンの瞳にはすまなそうな表情が浮かんでいる。「あの年海外から戻った父は、ぼくたちが同棲《どうせい》しているのを知って怒り狂ったんだ。きみと結婚したら、ぼくがあのとき働いていた法律事務所の共同経営者になる話は確実になくなるし、ぼくの政界入りを応援することもしないと言いきったんだ。田舎育ちのつまらない女と結婚したら、ぼくがトップにのし上がるチャンスをつぶす結果になるとも。父の考えでは、成功するにはあらゆることを一つの目的に利用しなければならないそうだ。もちろん、自分にふさわしい妻を持つこともね」デイビッドは一息ついた。「それから、父はぼくを納得させようとしたんだ。きみを愛しているのではなく、セックスに夢中になっているだけだ、若い男はみんな同じような経験をするものだと言ってね。恥ずかしいが、ぼくは父の話を信じた。父を信じてきみと別れてしまった。これが真相だよ。すまなかった」

今にも抱き締められるような気がしたので、クレアは後ずさりして椅子に腰を下ろした。

「ぼくが間違っていた」デイビッドはよどみなく話

を続ける。「本当に間違っていた。今それがわかったよ。許すと言ってくれないか？」

クレアはあきれてものが言えなかった。デイビッドは根っからのろくでなしで、何があってもその点は変わらないだろう。突然、彼女はそもそもどうしてこの家に来たのかを思い出した。「マットの妹さんはどうして自殺を図ったの？」

デイビッドは肩をすくめ、グラスを取ってコニャックを飲み干した。「ぼくがほかの女性と会っていると思ったんだ」平然と答える。

「それで、会っていたの？」

「もちろん、会っていないよ」

「ティリーを愛しているの？」

「だれを？　ああ、クローティルドのことか。彼女はかわいい人だ。とても愛しているよ」

「彼女の姓がシェフィールドでなく、プライドだったら？」

「最初から好きにはならなかっただろうね」デイビッドは口をゆがめた。「ぼくだって経験から学ぶんだよ。こんなことを言っても信じてもらえないだろうけど、きみが出ていったときは辛《つら》かったんだ」

怒りのあまり、クレアは息が詰まりそうになった。出ていったですって？　このろくでなしはわたしとわたしの持ち物を、一つ残らず捨て去ろうとしたくせに！　あのときの情景がよみがえってきた。ある日仕事から帰ると、クレアの荷物を詰めたバッグが並んでいて、いつでも持ち出せるようになっていたのだ。四年間も一緒に暮らした相手を簡単に追い出そうとするデイビッドの冷淡な態度に唖然《あぜん》としたが、別れ際の寛大な申し出にはさらにびっくりした。彼は、翌週行われる舞踏会用に彼女のために買った有名デザイナーのドレスを持っていってもいいと言ったのだ。もちろん、もう彼女をその舞踏会に連れていくつもりがないのに、だ。さらに、彼は無神経な言葉を吐いた。クレアが自分の住まいを見つけたあともときどき彼を迎え入れてくれたら、もっとこのようなプレゼントを用意すると。あのときは、わたしがきっぱり断っても平然としていたのに、今は別れが辛かったなどとぬけぬけと言っている。

クレアは濃いブラウンの瞳をのぞき込み、心の中で身震いした。この人は別れから何も学んでいないし、何も変わっていない。

デイビッドは鋭い視線を投げた。「ところで、どこでマット・シェフィールドと知り合ったんだい？　きみはバンガラータに帰ったって聞いたけど」

「そうよ」

「長いつき合いなのかい？」

「かなりね」

「どうしてシドニーに？　こっちに戻ってこようと考えているのかい？」

クレアは迷ったが、こんな男にはもう何も話すまいと決めた。「いいえ、ちょっと来ただけ」

「宿泊先は？　なんなら、いつかランチでも食べに行かないか？」

「それはできないな、マコーリフ」部屋に入ってきたマットが冷たく言い放った。

だが、デイビッドはまったく動じない。「いいでしょう？　ぼくたちは古い友達なんですよ」

「それはぼくが聞いた話とは違うな」

「なるほど。それでクローティルドの様子は？」

「よくなるだろう。時間がたてばね。だが、おまえには二度と会いたくないと言っている。ほら、おまえからもらった指輪だ」マットは指輪をデイビッドの手に押しつけた。「さあ、とっとと帰れ！」

「ちょっと待ってください！　クローティルドと話をして誤解を解くまでは、どこへも行きません」

マットは机の後ろに回り、腕を組んで立った。

「言葉の浪費をする必要はない。妹はおまえの言うことなんか信じないだろう。おまえの素行調査をするために雇った私立探偵が、きちんと仕事をしてくれたからな」

「私立探偵だって！」驚きのあまりデイビッドはあえぎながら言ったが、すぐに落ち着きを取り戻した。

「嘘ですよ。彼女がそんなことをするはずがない。それに、お母さんも何も言っていなかった」

「母はついさっき知ったばかりなんだ。どうやら怪しいとにらんだのは父で、どうすればいいのかもちゃんとわかっていたようだ。父がいないときで、運がよかったな。だが、ぼくはおまえをぶちのめしたい気持をやっとのことで抑えているんだ。だから、状況が悪くならないうちに帰ったほうがいいぞ」

「でも、これは誤解なんですよ。そうじゃなかったら、嘘八百だ！」

「いいかげんにしろ。まさか詳細を説明してほしいと言うんじゃないだろうな？」マットはうんざりしたように唇を曲げた。「何月何日におまえが何をしたという記録もあるし、モーテルのチェックイン・カードの写しもある。写真まであるんだぞ」

クレアの目はデイビッドの顔に釘《くぎ》づけになった。彼の表情に本心が浮かび上がってくる。一瞬のうちに怒りが消えてあきらめに変わった。これ以上ごまかしを続けても意味がないと悟ったのか、彼は信じられないほど冷静に、正体をさらけ出した。

「そういうことなら、おとなしく引き上げたほうがいいようですね。会えてうれしかったよ、クレア」

デイビッドはドアへ向かって歩きかけたが、急に足を止めて振り向き、悪意に満ちた目を向けた。「どうしてそんなに聖人ぶった態度をとるのかわからないな、シェフィールド。ぼくがクレアを知っているとなったら、きみはベッドで彼女を激しくせめたてるんだろう。それでいながらティファニー・メイクピースとの関係も続ける。ああ、かわいそうなクレア。きみの恋人に同棲中の恋人がいるのは知らなかったんだろう？　彼女は成功したキャリアウーマンだよ。世界的に有名な化粧品会社のＰＲ担当なんだ。キリビリ地区に高級アパートを持っている。きみたちには共通点がたくさんあるから、たぶんいつか彼女に会うだろう。それじゃ、また」

デイビッドが立ち去ったあとには張りつめた静寂が広がった。

最初に口を開いたのはマットのほうだ。「クレア、早合点しないでくれ。頼む」急いで彼女に近づき、手を取って立ち上がらせた。「きみが考えているようなことではないんだから……」

「わたしが何を考えているというの？」

「ぼくがきみを裏切っていたと。別の女性と一緒に暮らしていながら、きみをだまし続けていたと」

「違うの？」

「ああ、どうすればその質問にイエスかノーで答えられるだろう？」

「わたしなら答えられるわ」クレアは温かなマットの手からゆっくりと自分の手を引き抜いた。「そのティファニーという人はだれなの？」

マットは少しの間目を閉じた。「ああ！」

クレアは彼から離れて机の上からグラスを取り、コニャックを一気に飲み干した。「返事を待っているんだけど」

「何から話したらいいのかわからないんだ」

「二、三質問をしたら、話しやすくなるかもしれないわね。わたしたちが泊まった高級アパートだけど、あれはティファニーという女性のものなの？」

マットは苦しげな表情を浮かべて彼女に近づいた。

「クレア……」

「そこにいて！　それ以上近づいたら、今すぐここから出ていくわ。本気なのよ！」

マットは立ち止まってがっくりと肩を落とした。

「わかってるよ」

「それなら、質問に答えて」

「答える前に一つだけ聞かせてくれ。ぼくを愛してるか？」

「何言ってるの。あなたにそんなことをきく権利なんか……」

「愛しているのか？」

「ええ。わかってるはずでしょう」

「そうだといいと思っていた。なぜなら、もちろんぼくもきみを愛しているからだ」

クレアは声にならない声をあげた。ああ、どんなにその言葉を聞きたいと思っていたことか。けれど、今はいや。こんな状況で聞きたくはない。

「きみのぼくに対する愛情はどんなものだ？」マットは荒々しい口調できいた。「崇拝や信頼や尊敬の気持が含まれているか？ さっききみをマコーリフと二人きりにしたのは、きみをそんなふうに愛していたからなんだ。きみが過去と向き合って、あのろくでなしにはもうなんの未練もないことを見きわめるのはいい考えだと思った。ぼくが言おうとしていることは、きみの愛を試すことになるかもしれないが、壊すことはないだろう。それが真実の愛で、ぼくがいつも警戒していた中身のない性愛でなければね」

「あなたはその女性と暮らしているのね？」

「前はそうだった」

「あそこはその人のアパートなんでしょう？ わたしを追いかけ回していた間、ずっとあそこにその人と暮らしていたのね。その人の家からわたしに電話までかけてきたのね？ そうなんでしょう！」

「そんなに月並みな話じゃないんだよ」

「わたしと出会ったときもその女性と暮らしていたの？ イエスかノーで答えて！」

「イエスだ」

「まあ、ひどい!」クレアは泣き声になった。胸がむかむかする。倒れてしまわないように、机にもたれかかった。

「クレア……」マットは彼女の後ろに近づいてそっと体を支えた。「わかってくれ。あの舞踏会の日、ぼくはバンガラータできみのような人に会うとは思ってもいなかった。ティファニーは海外出張中で何週間も留守にしていた。ぼくはどうかしていると思うほど強くきみに惹《ひ》かれて、ああいうことになってしまった。いくらきみだって、あれは全部ぼくが悪いと言うほど偏った考え方はしないだろう?」

「もちろんよ! あなたは正真正銘のつまらない尻軽女に引っかかってしまったのよ。わたしがあなたをレイプしたとでも言いたいんでしょう?」

「あの出来事を悪く言わないでくれ。今は二人ともわかっているはずだ。あの夜、ぼくたちはただ肉体的に求め合っただけじゃない。だが、次の日になるときみはとてもかたくなになって、ぼくとはいっさいかかわりたくないと言った。そのあと、シドニーへ帰る飛行機の中でビルに言われたんだ。自分が与えてもいいと思っている以上のものを求める女性とかかわり合うなんて、どうかしていると。彼の言いたいことはわかったよ。きみは本物の愛を与えられなければ満足しない女性なんだ」

マットは苦しげにため息をついた。

「ティファニーは自制心の強い自立した女性で、ときどき夜ベッドをともにすること以外は何も要求しない。ぼくたちは互いにぴったりの相手で、理解し合っていた。仕事の成り行きで二人とも別の異性とデートをしたが、だれともベッドをともにしたことはない。ぼくがいかにも女たらしであるかのように吹聴《ふいちょう》したのはマスコミだよ」

「あなたがわたしと出会ったあと、ティファニーはうちに帰ってきたの?」

「あの最初の日曜日、ぼくがバンガラータから戻ったら、彼女はうちにいたよ」

「彼女とベッドで抱き合ったの？」クレアは大声を張り上げた。

「いや。話もしなかった。ティファニーは疲れていてベッドに直行した。次の日、ぼくはきみのことを話すつもりだったんだが、朝早く呼び出しがかかってしまい、彼女はまだ寝ていたんだ。二日後に戻ったときには、彼女はまた海外へ行ってしまっていた。メモには、ニューヨークに行くと書いてあったが、電話番号は書いてなかった」

　クレアはマットの腕の中でゆっくりと向き直った。

「彼女はまだそこにいるの？　海外に？」

「ああ。クリスマスまで戻ってこない」

「あなたにとっては好都合ね」

「ああ、クレア、そんな言い方をしないでくれ。わかってくれないか。電話番号がなかったので、ティファニーに連絡をとれなかったんだ」

　クレアは彼の言葉を、一言も信じなかった。マットもデイビッドと同じ。嘘つきで、ぺてん師で、卑劣。良心のかけらも持ち合わせていないんだわ！

「その女性はあなたを愛しているの？」

「いや」

「それじゃ、あなたの性欲を満足させていただけ？　彼女が留守の間、わたしが代わってその役目を果たしたというわけね」

　ブルーの瞳が鋭くなった。「もうたくさんだ！　今話したことは本当だよ。愛してるんだ、クレア！　ぼくは自分が聖人だと言ったことはないが、きみに対しては誠実な態度をとっているつもりだ」

「わたしをそんなに愛しているなら、どうしてわたしにティファニーのことを話さなかったの？　どうして愛していると言ってくれなかったの？　この週末にチャンスはいっぱいあったでしょう。それは別としても、どうしてわたしをほかの場所へ連れていくだけの良識がなかったの？　ああ！　あなたは彼女を抱いた同じベッドでわたしを抱いたのね？」

「違う！　いつもぼくが彼女のベッドへ行ったんだ。いつも」

「信じないわ」

「そうだろうな」マットの目が厳しくなった。

二人はにらみ合いを続けた。どちらも一歩も譲らない。ついにクレアがドアのほうへ歩き出した。

「どこへ行くんだ？」マットが詰問した。

クレアは立ち止まり、少しの間考えてから悲しげな目を上げた。「空港へ行くのよ。今夜はそこで寝るわ」

「きみはばかだ！」

「いいえ、今までのわたしがばかだったのよ」

「この状況を解決するには何を言ったらいいんだ？　教えてくれたらちゃんと言うよ。ああ、愛してるんだ！」

「そうかしら？」

「そうだよ！」

「信じられないわ！　チャンスはあったのに、あなたはつぶしてしまった。わたしを追いかけようと決めたときから、正直になってくれればよかったのに。本当はお医者さまだということ、ティファニーのこと、何もかも話してくれたらよかったのに。でも、そうじゃなかった。あなたは自分の人生だけでなく、わたしの人生に対してもいいかげんな態度をとり続けたのよ」

「きみを行かせるわけにはいかない」

「あなたが決めることじゃないわ」

「追いかけるぞ」

「うまくいく見込みはないでしょうね」

「それはどうかな、クレア。今にわかるよ」

11

その後の一週間をどうやって過ごしたのか、クレアは覚えていなかった。マットは電話をかけてこない。言葉どおりに追いかけてもこない。土曜日の昼にミスター・ワトソンに店を任せたころには、クレアの憂鬱《ゆううつ》な気分はますますひどくなった。とても長い午後を一人で過ごせそうにない。絶望の底へ落ち込むのを止めるためには、まわりに人がいないとだめだ。今朝は何度も棚に並ぶ睡眠薬の瓶に目がいき、心の中でつぶやいた。ティリーと同じことをするのは簡単だわ。とても簡単……。

一人でいないほうがいいことに気づき、急いで軽い昼食をとったあと両親の家へ向かった。やぶれかぶれの行動だ。土曜日の午後は父親はいない。母親の皮肉たっぷりの言葉を聞いたら、ふさぎの虫も吹き飛んで闘争心が刺激されるかもしれない。運がよければサムもいるだろう。妹の前でわっと泣き出すわけにはいかない。

ところが、両親の家の私道に車を入れたとき、サムの愛馬のキャスパーが見当たらないのでクレアはがっかりした。

アグネスが玄関に出てきた。「クレア！　何しに来たの？」

「キャスパーが囲いにいないわね」クレアは緊張しながら言った。「サムはいないの？」

「お友達と一緒に馬で出かけたわ。あの子に特別な用でもあるの？」

「いいえ、別に」

クレアが中に入ろうとしないので、母親はいぶかしげな顔をした。不意にクレアは帰りたくなった。

バンガラータの人々はわたしと都会の秘密の恋人の噂《うわさ》に花を咲かせているらしい――サムの話によれば、母も含めたほぼ全員が。

「急ぐことじゃないから」クレアは体の向きを変えかけた。

母親は娘の腕をつかんだ。「クレア！　何かあったのね？　話してごらんなさい」

きっと、母の目には病的とも言える好奇心があらわになっているのだろう。そう思いながらクレアは振り返った。ところが彼女の目に映ったのは、心からの気遣いと本物の愛情だった。

「ああ、ママ！」クレアは母親の胸に飛び込んで涙に暮れた。

話ができるようになるまでにはしばらくかかった。思いがけなくやさしい母親を発見して、クレアは驚くのと同時に感動した。自分が泣いているのは失恋のためなのか、それとも新たな愛を見つけたためなのかよくわからない。母親が本当は自分を愛してくれていることに気づき、クレアは畏怖《いふ》の念に打たれた。

彼女はキッチンへと促され、椅子に座るよう勧められた。母親がお茶をいれる間に、クレアは落ち着きを取り戻した。

「わたしはばかだったわ」母親がテーブルに着くなり、クレアは打ち明けた。

「男友達との仲がうまくいかなかったの？」

クレアはうなずいたが、またしても涙があふれてきた。

「かわいそうに。相手はいつも手紙に書いていたデイビッドという人じゃないんでしょう？」

クレアはデイビッドとの同棲《どうせい》を両親に話してはいないが、いずれは結婚すると信じていたので、手紙には彼のことをよく書いていたのだ。

「ええ」むせび泣きながら答えた。

「マット・シェフィールドでもないわね？」

クレアはぱっと目を閉じた。その表情が彼女の本心をあらわにした。

「そんなことだと思ったわ」

「でも……どうしてわかったの？」

「わかったわけじゃないわ。当てずっぽうよ。いつだったかしら、『ブッシュ・ドクター』を見ているときに、パパがマットに関して何かぶつぶつ言っていたから、パパはわたしの知らない話を知っているんじゃないかとぴんときたのよ。あなたはいつもパパには秘密を打ち明けるのに、わたしには全然話してくれないもの」

クレアは母親を見つめた。母親の目には、今まで見たことのない弱々しさが表れている。

「辛《つら》かったわ」アグネスはさらに続けた。「あなたはいつもパパのほうばかり向いていたでしょう。小さいころでも……わたしを押しのけたわ」

「そんなつもりは……」

「ええ、そうでしょうね。わたしにも責任があるのよ。あなたとわたしは外見だけ似ていて、中身はまったく違うんじゃないかしら？」

「本当は似すぎているのかもしれないわよ」クレアは思いきって言った。

「そう思う？」アグネスはうれしそうな顔をした。「いつもあなたはパパ似だと思っていたのよ。あなたはとても頭がいいけど、それにひきかえわたしはとても……」

「頭がいいわ」

アグネスの顔には驚きと感動の両方が表れていた。母親の反応を見てクレアは後ろめたさを覚え、今まで自分がとってきた態度を恥ずかしく思った。

「ママ……」クレアはおずおずと口を開いた。「わたしは心からママを愛しているのよ」

「本当なの？」母親は目を潤ませた。

　クレアは立ち上がり、テーブルの反対側に回って母親を抱き締めた。「もちろんよ。ママはずっとすばらしい母親だったわ」隣の椅子に腰を下ろした。

「軽蔑《けいべつ》されてると思っていたわ。それに、たぶんわたしはあなたに嫉妬《しっと》していたんじゃないかしら」

「どうして？」

「あなたはいつも賢くて、自分が何をしたいのかちゃんとわかっていたわ。だから、わたしはこの農場を切り盛りしようとしたのかもしれないわね。少なくとも物事をまとめる力はあるから、あなたやパパにとって自慢できる存在になりたかったのよ」

「あら、ママはわたしの自慢の種よ。パパにとってもそうだわ。パパはママを心から愛しているんですもの」

「さあ……どうかしら」

「もちろん愛しているわよ！」

「パパはわたしを一番に選んだわけではないのよ。都会に好きな女性がいてね。ここに来る前の話だけれど。わたしはパパの失恋のショックにつけこんで……。ああ、クレア！　あなたにはわからないかしら？　わたしが何をしようとパパが我慢しているのはなぜだと思う？　関心がないからよ。いつかパパがわたしを叱《しか》りつけて、黙れと言ってくれるのを待っているの。パパの心を動かしているとわかる言葉なら、なんでもいいのよ」

　母親は急に泣き出した。今度はクレアが慰める番だ。「パパはママを愛しているわよ。愛しているし、必要としているわ」

「愛しているなんて、一度も言ってくれたことがないのよ」

「何か飲み物を持ってくるわ。紅茶より強いものがいいわね」クレアは元気よく立ち上がって戸棚のほうへ歩いていき、マスカット・ワインの瓶を取り出した。

「いやになっちゃうわ」クレアがなみなみとワインを注《つ》いだグラスを二つ持って戻ってくると、母親は言った。「気が動転していたのはあなたなのに、わたしのほうが悩みを打ち明けているなんて」

「ばかなことを言わないで。こんなふうにママと話ができて本当にうれしいわ。今のわたしには味方が必要なの。実の母親以上に適した人はいないでしょう？」

「何もかも話してくれない？」母親の声にはやさしい気遣いが感じられる。

「ええ、ぜひ……聞いてもらいたいわ」

それからしばらくことの成り行きを説明している間、母親がずっと理解を示してくれたことにクレアは驚いていた。母親はショックのあまり息をのむこともしないし、非難もしない。ただ娘が自分を信頼してすべてを打ち明けてくれることに満足しているようだった。

クレアは何も隠さなかった。デイビッドのこともすべて話した。その結果、マットの裏切りがどんなに自分を打ちのめしたかを十分認識できた。しかし、クレアが同意できなかったのは、この状況に対する母親の意見だ。

「かわいそうなマット」クレアの話が終わったとき、アグネスはつぶやいた。

「かわいそうなマット、ですって？」

「ええ。お医者さまを辞めて俳優になったのには、ちゃんとした理由があるはずよ。何か精神的なショックを受けたのかもしれないわ。自分の患者が亡くなったとかそういったことで。それに、マットはすばらしい俳優でしょう。認めるべき点は認めなくてはいけないわ。もちろん、ティファニーという女性のことは話すべきだったと思うけど、勇気がなかったんじゃないかしら。あなたは自信を持ってマットに愛情を注いだわけではないでしょう？　最初から彼の最悪の面ばかり見ていたのよ」

「でも、わたしの見方は正しかったわ。マットもデイビッドと同類なのよ！」

「そうなの？」

「そうよ！」

アグネスはため息をついた。

「今日は酔うまで飲むわよ」クレアはマスカット・ワインをさっさと飲み干した。

「わたしもつき合うわ」

クレアは驚きの目で母親を見た。

「瓶を取ってらっしゃい」アグネスはきっぱりと言った。「もっと大きなグラスを持ってくるわね」

とても車を運転して町まで戻るのは無理なので、その夜クレアは両親の家に泊まった。翌日は今まで経験したことのない二日酔いに苦しんだ。当然の報いだわ。ぶつぶつ言いながら、枕《まくら》の下から痛む頭をもたげた。鎮痛剤を二錠とコーヒーを三杯飲んだあと、少し気分がよくなった。頭痛は和らいだものの、何をしても心の痛みを和らげることはできない。

「もしかして、マットに電話したほうがいいんじゃないかしら？」前夜、母親はクレアに勧めた。「もっとちゃんと説明する機会を与えなさい。あなたはあの人の話に耳を貸す気がなかったようだから」

「いやよ！」

「どうして？」

「マットがまた、別の嘘《うそ》をでっちあげるから」

「嘘つきには見えないけど」

「前にデイビッドのこともそう思って信じたわ」

「デイビッドの話をしているんじゃないのよ」

「お願い、ママ、わかって。マットに電話をかけることはできないわ！」クレアは叫んだ。「できないし、するつもりもないのよ」

そして、クレアは電話をしなかった。しかし、母親の言葉が頭から離れず、心の奥底では母親の言うとおりだと感じていた。たしかにわたしはマットにあまりチャンスを与えなかった。最初から偏見を抱いていたし、性急な判断を下して非難した。わたしはマットを苦しめたけれど、彼自身が罪を犯したからではなく、デイビッドの罪のせいなのだ。

一番重要な真実は、わたしがマットを愛していることだ。心から愛している。彼のいない人生を考えるのは耐えられない。マットに戻ってきてほしい——わたしの人生に、わたしのベッドに。けれど、今でもマットはわたしを求めているのかしら？　あんなことをしたわたしを許してくれるだろうか？

水曜日の夕方、クレアは勇気を奮い起こしてマットに電話をかけることにした。

けれど、どこへかけたらよいのだろう？　彼はどこの電話番号も教えてくれなかった。

まず最初にシドニーの電話帳を見てビル・マーシャルの番号を探した。幸い彼の名前のあとに〝エージェント〟と書かれていたので、大勢のB・マーシャルに電話をかけずにすんだ。二回かけたが話し中で、三度目にかけたとき、ようやくビルが出た。

「残念ですが」クレアがマットの居場所をきくと、ビルは言った。「どこにいるかわからないんです。先週、今年の分の撮影が終わったので、どこかへぶらりと出かけてしまって。しばらく休みが取れるといつもそうで、どこへ行くかまったく言わないんです。そうだ、彼のお母さまにきいてみたらいかがです？　マットの居場所を知っているかもしれませんよ。万が一知らなくても、マットはクリスマスにはかならず実家に帰るし、ほんの二週間先のことですからね。実家の電話番号を教えますよ」

マットの母親に電話をかけるのは、ビルにかけるよりもはるかに緊張した。クレアはあの女性の態度を今でも忘れていない。冷淡で非難がましい、尊大な態度を。

「ヘレン・シェフィールドですが」上流階級特有の気どった甲高い声が聞こえた。

「あの……クレア・プライドです、ミセス・シェフィールド」クレアは震え声で話し始めた。「たぶん覚えていらっしゃらないでしょうが……」

「あら、覚えていますとも」ミセス・シェフィールドはたちまちやさしい口調になった。「お電話をくださってうれしいわ。初めてお会いした夜にあんな態度をとって、ずっと気がとがめていたんですよ。わたくしの失礼を許してくださる？　言い訳するのもなんですけど、あのときはひどく気が立っていたものですから。わかってくださるかしら」

「もちろん、わかります」ミセス・シェフィールドの態度が百八十度変わったので、クレアはうろたえた。「ところで、ティリーはお元気ですか？」

「ずいぶんよくなりましたよ。生きていることがどんなに幸運か、ようやく気がついたようですわ。それにあのとんでもない男と結婚しなかったことも」

「よかったですね。あの、実は……お願いがあるんですが」

「はい？」今度は警戒した声に変わった。

「マットとわたしはちょっと喧嘩《けんか》をしたんです。みんなわたしが悪いんですけど。それで、連絡をとりたいのですが、マットはどこかへ行ってしまったようなんです。エージェントのミスター・マーシャルもどこにいるのか知らないそうで、マットはあなたには居場所を教えているかもしれないから、電話をするよう勧めてくれたんです」

「まあ、あいにく知らないんですよ。マットはめったにどこにいるか言わないんです。とっても独立心の強い子ですからね。もちろんクリスマスには帰ると思いますよ。大事な家族の集まりにはかならず顔を見せてくれますけど、それ以外はどこにいるんだか……残念ですが、お役に立てそうもないですね」

「そうですか……」クレアはため息をついた。

「マットから連絡が入ったら、あなたから電話をいただいたことを伝えますわ。それがだめなら、クリスマスに帰ってきたときに、あなたに電話するまでは何も食べさせないと言ってやりますよ」

クレアは苦笑した。「いろいろありがとうございました、ミセス・シェフィールド」

「どういたしまして。近いうちにまた、お目にかかれるといいですわね」

「えっ？　ええ……そうですね」

しかし、電話を切ったとき、クレアは今まで感じたことがないほど重苦しい気分になった。マットと連絡がとれなかったのは何かの象徴のように思える。これは運命だ。わたしとマットは結ばれない運命なのだ。

クレアはベッドに身を投げ出して、涙に暮れた。

12

時はゆっくりと流れていった。むなしく長い日々、暑く長い日々、孤独な夜が続いていく。

電話はかかってこない。手紙もこない。クリスマスカードも届かなかった。クレアは毎晩テレビを見て過ごした。読書もしたが、ときどき涙で活字がぼやけるため、本を置いてティッシュペーパーを取りに行かなければならなかった。

クリスマスの一週間前の水曜日、いつもより少し早めにクレアが薬局のドアを開けると、陽気なサリーが店内で待っていた。

「一月の終わりまでに新しい女の子を雇わなくちゃね」開口一番こう言った。「そのころには辞めさせてもらうから」

クレアはがっかりして低い声をあげた。「本当に辞めなくてはいけないの？」

「残念だけど。おなかが大きくなりすぎて動けなくなる前に、家の中やまわりを改装したいの。心配しないで。代わりにいい子を見つけてあげるから。ミセス・ブラウンの孫娘のベティー・ブラウンなんかどう？」

クレアは顔をしかめた。

「そう、それなら……」

サリーとクレアは午前中ずっといろいろな名前をあげて検討したが、なかなか適当な人物が決まらなかった。

正午近く、フローラが息せききって店に飛び込んできた。

「ドクター・アーチャーを舞踏会の主賓にお招きしたらどういう結果になるか、ちゃんとわかっていたんですよ」興奮のあまり我を忘れてしゃべり始めた。「お医者さまが来るの！　バンガラータにお医者さまが来てくださるのよ！」

体が凍りついたかのように、クレアはその場から動けなくなった。まさかフローラが言おうとしているのは……。ああ、そんなことはありえない！　けれど、もしそうだとしたらどうしよう？　わたしから電話があったことを母親から聞いて、マットがわたしを取り戻すために自分を犠牲にする気になり、ここへ飛んできたとしたら？

「そのお医者さまというのは？」クレアは震え声できいた。「なんという方ですか？」

「ドクター・ナイジェル・ラムズボトムよ」

その答えに、クレアは失望感を覚えた。

「続きを聞かせて」サリーがじれったそうに言う。「そのドクター・ラムズボトムのことをもっと教えて」

「ええ、その方は最近イギリスからいらしたばかりで、ドクター・アーチャーのお友達なの。つまりミスター・シェフィールドのね。ドクター・ラムズボトムは三十代後半の既婚者で、幼い坊ちゃんとお嬢ちゃんがいらっしゃるんですって。ちょうど小さな町で開業したいと思っていらしたそうよ。そこにミスター・シェフィールドがわたしたちの町の話をしてくださって、今日ご自分の目で見ていただくために連れてきてくださるの。昨日の夜、わたしも電話でドクター・ラムズボトムと話したけど、わたしたちが先生を気に入ったら、ここで開業してくださるんですって！　すばらしいでしょう？」

「マットが、ここにドクター・ラムズボトムを連れてくるって言うんですか？　今日？」

サリーとフローラが同時にクレアを見つめた。

クレアはつばをのみ込んだ。うっかり本心が出てしまった。バンガラータには、短いつき合いの人間をそんなふうにファーストネームで呼ぶ者はいない。舞踏会の夜、数時間彼の隣に座っただけで親しい関係になるはずがないのだ。ただしその後もつき合いが続いていれば、話は別だが……。

クレアは何年かぶりで赤面した。本当に真っ赤になった。頭の回転が速いサリーは、すぐに最近のクレアの謎《なぞ》めいた行動の意味を理解した。

「クレア、まさかあなたに電話をよこしたりお花を贈ってきた男性がマット・シェフィールドだなんて言うんじゃないでしょうね？」

クレアはますます赤くなった。

「そして、彼と別れたの？」サリーは大声をあげた。

「気はたしか？」

「あなたのお母さまはこのことをご存じなの？」フローラが初めてきいた。

「もちろん」クレアは腹立たしげに答えた。「わたしの母ですもの！」

　こんなふうに彼女がマットとの親しい関係を公言したので、フローラはうろたえた。「でも……」

「ねえ、いいですか」気を取り直して、クレアはきっぱりと言った。「バンガラータの人たちが他人のことに干渉するのにはもううんざり。たしかにマットとわたしは二、三回デートをしました。だから、どうだって言うんです？　話を大きくして〝世紀のロマンス〟にするのはやめましょうよ」

「だが、たしかにあれは世紀のロマンスだったな」落ち着き払った男性の声が割り込んできた。「今でも世紀のロマンスだよ」

　クレアはぽかんと口を開け、店に入ってくるマットを見守った。彼は、今まで見たこともないほど大きな薔薇《ばら》の花束を抱えている。白い薔薇、黄色い薔薇、ピンクの薔薇、シャンパン色のものまである。彼は薄いグレーのスーツに白いシルクのワイシャツを着て、くすんだグレーのネクタイを締めている。

　クレアがさらにびっくりしたのは、マットの後ろから大勢の地元の人がついてくるのを見たときだった。「みなさん、集まってください」何が始まるのかとうずうずしている人々に向かって、マットは言った。「みなさんに証人になってもらいたいんです。これからぼくが言うことを、しっかりと聞いていてください。なぜなら、クレアはぼくの言葉を疑う傾向があるんです。でも、バンガラータのみなさんの前でぼくは嘘《うそ》をつきません。そんなことをしたら、こっぴどくやっつけられるでしょうから！」

　今までクレアは真っ赤になっていたが、今度は顔から血の気が引いて真っ青になった。

「こっちに来てくれ。みんなにこのやりとりがはっきり見え、聞こえるところまで出てくるんだ」

　クレアが返事をする間もなく、サリーが彼女を店の真ん中に押し出した。マットは茫然《ぼうぜん》としているクレアに花束を渡すと、上着のポケットからベルベットの小さな箱を取り出し、彼女の前にひざまずいた。彼が箱を開けたとき、まわりの人々は首を伸ばし、女性たちは息をのんだ。というのも、このようなエンゲージリングはバンガラータでは見たことがないからだ。そのダイヤときたら、とてつもなく大きなものだった。

「クレア・プライド」マットは例のすばらしく抑揚のある声で話し始めた。「きみはぼくが愛した、ただ一人の女性だ。そして、これからも愛し続ける、たった一人の女性だ。どうか結婚してほしい」

少しの間あたりは水を打ったように静まり返り、まわりの人々は期待に胸をときめかせながらクレアを見つめた。彼女はなす術《すべ》もなくこの状況に身を任せた。大きな感動の波が押し寄せ、喉が詰まって言葉も出ない。マットは今でもわたしを愛している。わたしを求めている。それだけでなく、結婚したいと思ってくれている！

「ぼくを苦しめないでくれ」マットも感きわまっているらしく、押し殺した声で訴えた。「早く返事してくれ。イエスなのかノーなのか！」

「ああ、イエスよ」クレアはやっとのことで答えた。涙で目がかすんで、よく見えない。「イエス、イエス、イエス！」

まわりの人々から歓声があがり、拍手が沸き起こった。さらに、〝クレアにキスしなさいよ〟とか、〝指輪をはめてごらんなさい〟という声が店内に響き渡る。

硬直したクレアの腕からサリーが花束を取ると、マットは緊張した表情で立ち上がり、彼女の指に指輪をはめた。マットに抱き寄せられたとき、彼が震えているのでクレアは驚いた。

「残念、見逃したか！」見知らぬ男性が突然、人込みをかき分けて飛び込んできた。

クレアはマットの腕から離れてその男性を見つめ

たが、すぐに気がついた。イギリス英語を話し、見栄えのする顔だけれども少し青白いこの紳士は、ドクター・ナイジェル・ラムズボトムに違いない。

「ちょっと通りで話し込んでいたものだから、時間を忘れてしまったんだよ。すべてうまくいったんだろう、マット?」彼は明るくたずねた。

　マットはにっこり笑ってうなずき、クレアをかたわらに引き寄せた。

「この人がクレアだね」ドクター・ラムズボトムはクレアの両手をつかんで上下に動かした。「あなたのことはいろいろうかがっていますよ。マットをひどい目に遭わせたそうですね。でも、終わりよければすべてよしと言うでしょう?　ところでマット、この人にもう一つのつまらない問題をきくのを忘れないでくれよ。さて!　ここにいらっしゃる美しい女性たちの中でフローラはどなたですか?」

　フローラが勢い込んでしゃべり出したので、クレアは思わず顔をほころばせた。

「もう一つのつまらない問題って?」彼女はマットの耳元でささやいた。

「できたら、二人きりになれるところへ行きたいんだが……」

　クレアが訴えかけるような目でサリーの目を見ると、サリーはその意味を察してうなずいた。

「さあ、みなさん、もう出ていってください。ここは薬局で、グランド・セントラル・ターミナルじゃないんですよ。ショーは終わり。さあさあ、出ていって!」

「すぐに戻るわ、サリー」クレアは小声で言った。

「急ぐことないのよ。ゆっくりしていらっしゃい。わたしに調合できない処方箋《しょほうせん》がきても、適当にやっておくから」

「なんてすばらしい人なの、サリー。あなたがいなくなったら、わたしはどうしたらいいかしら?」

「サリーは店を辞めるのかい？」腕を組んで二階へ上がる途中でマットがきいた。

「ええ、おめでたなものだから。代わりにだれを雇ったらいいのか、全然思い浮かばないのよ」

「たぶんだれもいないだろう」

「だれも？」クレアはドアを閉めた。

「ナイジェルには薬剤師の弟がいてね。ここに移り住んでこの薬局を買いとってもいいと言っているそうだ。ナイジェルがきみに話してほしいと言っていたのは、その件なんだよ」

クレアの胸がときめいた。

「結婚したあとは、ぼくと一緒にシドニーに住んでほしい。ぼくたち二人が満足できる場所はあそこしかないと思うんだ」

クレアはほほ笑んだ。「わたしもそう思うわ」

たちまちマットの顔に浮かんでいた緊張感が消え、満面に笑みが広がった。「ぼくの考えが間違っているんじゃないかと心配していたんだ。きみがあれこれ文句を言うんじゃないかと」

「わたしがそんなことをするかしら？」

「ああ、きみのように辛辣《しんらつ》な言葉を吐く女性はいないからね」マットは彼女を抱き寄せて激しく唇を奪った。「ああ、クレア、断られるんじゃないかと怖くてしかたなかったよ。あの夜きみを失ったと思ったから、ぼくは……」

「しっ！」クレアは彼の唇に指を当てた。「絶対にわたしを失うことはないわ、マット・シェフィールド。絶対に！」

マットは彼女の指をつかんで自分の唇から離し、あらためてその指にキスをした。「母からきみが電話をくれたと聞いたとき、希望が湧《わ》いてきたけど、全然自信がなかった。さっききみに断られたとしても、納得しただろう。ぼくが間違っていたんだ。ティファニーのことを話さなかったし……」

「わたしこそあなたに偏見を持つなんて間違っていたわ。とくにあなたが俳優だということで」

「実を言うと、ぼくは俳優じゃないんだよ」マットはため息をついた。「本業は医者で、しばらく俳優の真似事《まねごと》をしているだけなんだ」

「でも、すばらしい俳優じゃないの！」

「医者としてのほうがすばらしいよ」

「マット、わたしはあなたがしたくないと思ったことを無理やりさせたくはないわ」

「ありがとう。だけど、ドクター・エイドリアン・アーチャーのテレビ出演はもうすぐ終わる。ぼくはいつもなりたいと思っていたものに戻るよ」

「でも、いつもお医者さまになりたいと思っていたなら、どうして辞めたの？」

「ああ、話せば長いことなんだよ。時間はだいじょうぶなのかい？」

「一生かかってもかまわないわ」

「それなら、もう少しこれを楽しんだあとでもいいだろう」マットは身をかがめて唇を重ねた。

二人が話を始めたのはそれからしばらくあとのことだった。マットはソファに横たわり、クレアの膝に頭を載せている。

「医者になりたいと思ったのは十二のときなんだ。その年に親友が白血病で亡くなってね。ほんの十二歳だったのに。すばらしいやつだった」マットはつぶやいた。

それを聞いてクレアは胸が詰まった。

「彼の墓の前で、ぼくは大人になったら医者になると誓ったんだ」マットはかすれ声で続けた。「ただの医者じゃない。専門医だ。できることなら、これ以上ティムのようにすばらしい子供が死ななくてもすむようにしたいと思った。ぼくは研修を受けるためにロンドンへ渡ったが、世界でも指折りの小児科病院に採用されたので、引き続きロンドンにとどまった。年々医学が進歩して患者が助かる確率は上がったが、なぜかぼくにはそれだけでは十分じゃなかった」

　少し間を置いてからふたたび話し始める。

「白血病で入院した患者の二十五人中十八人の命は救ったが、ぼくの心に残るのは成功例ではなく失敗例だけだった。しまいには母親たちの涙を見るのが耐えられなくなったのさ。ぼくを信頼して子供を預けたのに、母親たちが悲しむ姿を見るのは耐えられなかった。期待を裏切ったような気がしてね」

　クレアの目には涙がいっぱいたまっている。今にも頬にこぼれ落ちそうだ。

「でも、できるだけのことはしたんでしょう?」クレアはむせび泣きながら言った。「あなたは神さまじゃないのよ!」

　マットは急に起き上がって彼女を抱き締めた。

「ああ、ダーリン、泣かすつもりはなかったんだ。もちろんぼくは神じゃないよ。今はそれがわかっている。しかし、あのときは神になろうとしていたんじゃないかな。そうするうちにくたくたになってしまった。一日二十時間も働き、ほとんど睡眠も食事もとらなかった。ある日ぼくの患者の少女が突然死んだんだ。ぼくはその子が回復に向かいそうだと思ったから、母親にもそう伝えていた。その母親と顔を合わせたときほど辛《つら》いことはなかったよ。そのあと、これ以上医者の仕事は続けられないと悟ったんだ」

「それで?」

「逃げ出した。退職したんだ。そうしなかったら、完全にだめになっていただろう。あるいは、自殺したかもしれない」

「ああ、マット……」

「演劇の勉強をしたのは治療の一環でね。しばらくしてからロンドンにある小さな劇団に入ったんだが、思いがけずうまくいった。ぼくには生まれながらの芸術的才能があったらしい」

「オーストラリアで放映される『ブッシュ・ドクター』の主役を手に入れたのはどういうわけ？」

「まったくの偶然さ。二年前、しばらく家族と一緒に過ごそうとロンドンから戻ってきた。ティリーには芸能人の友達がたくさんいて、彼女もしばらく女優の卵だったんだ。この新番組のオーディションを受けるつもりだったので、ぼくに一緒に行って主役の台詞《せりふ》を読んでみたらどうかとけしかけたのさ。たしかにぼくはほかの人より有利だったな。あんな役はわけないよ。とくにぼくが読まされたのは、緊急手術のシーンの台詞だったからね。ディレクターはぼくの真に迫った演技にびっくりしていたよ。主役に選ばれたとき、ティリーに説得されたんだ。みんなをだましたように思われるかもしれないから、本物の医者だというのは黙っていたほうがいいと。それから、有能なエージェントが必要だと言って、ビル・マーシャルを紹介してくれたんだ」

「ビルは、あなたがお医者さまだということを知っているの？」

「知らないよ。ティリーが両親や友達を説得して、ぼくがロンドンで演劇を勉強していたこと以外は何もマスコミに話してはいけないと言い含めたら、みんな賛成してくれたんだ。ぼくは長いことオーストラリアを離れていたから、いずれにしても親しい友人はいなかった。ただし、バリーのように昔からつき合っている友達は別だけどね」

「わたしがきいても、あの人なら一言ももらさなかったでしょうね」

「バリーはいい男だよ。彼は、ぼくが自分の生き方に疑問を持ち始めていることに薄々勘づいていた。つまり、ぼくが心の奥ではまたフルタイムの医者の仕事に戻ろうと考えていることをね」

クレアは怪訝《けげん》そうな顔をした。「フルタイム？ ということは、パートタイムの仕事はしていたの？」

「休みの間、フィジー諸島のある島の診療所で仕事をしていたんだ」

「どうしてそういうことに？」

「ぼくは休暇でその島にいたんだが、たまたま椰子《やし》の木に登っていた少年がぼくの足元に落ちて腕を骨折した。ぼくは何も考えずに手当てをしただけだ。あとでその子の家族に心から感謝されて、何年ぶりかでやりがいを感じたよ。そのあと、みんなから近くの島で高齢の医師が小さな診療所を開いている話を聞いたので、その先生に会いに行き、パートタイムで仕事を手伝うと申し出たんだ」

「仕事は楽しかった？」

「とっても。だが、もちろん一般的な治療だよ。毎日生死にかかわる決断を迫られることはない。それでも、きみと会ったころにはすでに医者の仕事に戻ろうかと考えていた。バンガラータに来たせいでいっそうその思いは強くなった。ほとんど結論が出かかっていたとき、あの自動車事故に遭遇したんだ。本当にあのときは決意が揺らいだよ。頭ではぼくにできることは何もないとわかっていた。あの男性はもう死んでいたんだ。しかし、心には昔の絶望的な場面がよみがえってきて、すぐに医者の仕事から身を引こうと考え始めた。人間と深くかかわることはするまい、きみを含めてだれかに関心を持ちすぎることはするまいと思ったんだ」

クレアは心からマットに同情したが、慰める言葉が見つからなかった。

「ぼくは長い間、女性とは中身のない肉体関係だけでなんとかうまくやってきた。だから、もう二、三年はこのままで十分だと判断したんだ。だが、もちろんそれは思い違いだった。きみと電話で話している間にそれに気づき始めて、きみがスリー・ヒルズに着いた瞬間、はっきりわかった。ぼくは生まれて初めて恋に落ちたんだ。どんなにがんばっても、もう自分の人生に対していいかげんな態度をとることはできなくなった。あの夜、二人きりになったらすべてを打ち明けるつもりだったのに、デイビッドのことがわかったり、ジルが手を切ったりで、何もかもめちゃくちゃになってしまったのさ」マットのため息には、自責の念と後悔があふれている。「あとは想像がつくだろう。ああいう状況になったのを口実にして、本当の気持を欲望の下に隠してしまったんだ。あの週末はきみを傷つけてしまったね。本当にすまなかった」

「最後はわたしのほうがあなたを傷つけたわ。ごめんなさい」

「いや。きみがあんな態度をとったのは当然だ。おかげでいろいろなことに気づいたよ。きみを失ったと思った瞬間から、ぼくの人生のあらゆる問題を再評価して、今の自分でいいのかどうかたしかめざるをえなくなった。ぼくは臆病者《おくびょうもの》で、人との深いかかわり合いや対決を恐れていたんだ。とくに感情的な対決を。鏡をよく見てみたけど、そこに映っている自分は好きじゃなかった。だけど、きみに対する気持をはっきり言おうと決めたとたん、新しい命を吹き込まれたような気分になったよ。そして、今はきみがずっとそばにいてくれるとわかったから、なんでもできる気がする」

「あら、なんでもというわけにはいかないわ。奇跡は神さまにお任せしましょうよ」

マットは笑いながらクレアを抱き締めた。「ぼくが思い上がったら、だれがたしなめてくれるかはわかっているよ。きみはなんでもありのままに言うだろう？　だから好きなんだよ」

「それなら、好きだという気持をもっと具体的な形で示してくれない？」

マットは顔をしかめた。「ああ、だけど今日はその用意はしていないんだ」

クレアは手を伸ばしてネクタイをほどき始めた。

「心配しないで。わたしが妊娠したら、夫にしてあげる……」

何もかもが結婚式にうってつけだった。天気も背景もすべて完璧《かんぺき》だ。

クレアはバルコニーに通じる戸を開けて、明るい日差しの中へ出た。長く暑い夏のせいで牧草地の草は茶色になっているが、スリー・ヒルズの屋敷付近の風景はすばらしい。広々とした芝生はふんだんに水がまかれているために青々とし、花壇には花が咲き乱れている。

クレアは結婚式のために用意された椅子のほうへ目を移した。椅子の列の真ん中に敷かれた幅の広い真っ赤なカーペットは、花におおわれた壇へと続いている。豊かに生い茂るオーストラリア自生の木々が二月の強烈な日差しをさえぎり、準備が整ったその場所を木陰にしている。

クレアの顔にやさしい笑みが浮かび、グレーの瞳が輝いた。自分たちの牧場を結婚式の式場に提供してくれるなんて、いかにもバリーとジルらしい。二人とも本当に鷹揚《おうよう》で誠実な人たちだ。クレアの両親が通うバンガラータの教会はあまり大きくないので、参列者を全員収容することはできない。それに、シドニーとバンガラータの中間地点でマットの家族と落ち合うのが公平に思えた。とくに、クレアが義理の娘になるとわかっても、ミセス・シェフィールドがやさしく迎えてくれたからだ。シェフィールド議員も息子が選んだ花嫁を温かく受け入れた。

〝チャールズと呼んでくださいよ〟婚約パーティのためにシドニーに行ったとき、マットの父親は彼女にこう言った。〝ようやくマットが落ち着いてくれて、どんなにほっとしていることか。早く孫の顔を見たいものですな〟ブルーの瞳を輝かせた。

クレアがその話をマットにすると、彼は笑って言った。〝なんて勝手な人なんだろう！　自分の子供のためにはほとんど時間を割かなかったくせに、ぼくの子供をかわいがる気でいるなんて……〟

クレアは口づけで彼を黙らせた。それがきっかけとなって、もう一度唇を重ねた。さらにもう一度……。

その夜のことを思い出し、クレアはほほ笑んだ。実は彼女はすでに子供を身ごもっていた。まだマットは知らないが、聞いたらきっと興奮するだろう。けれど、ハネムーンが終わるまでは黙っていよう。しばらくは彼を独り占めにしたい。

笑みを浮かべたまま、クレアはシャワーを浴びようとバルコニーからベッドルームに戻った。ところが、バスルームに着く前にドアを叩《たた》く音が聞こえ、ジルが戸口から顔を出した。

「よかった、起きていたのね。入ってもいい？　コーヒーを持ってきたのだけれど」

「あら、うれしい！」

ジルは、クレアと同様にナイティーとガウン姿でマグカップを二個持って入ってきた。二人の女性は大きなベッドに座ってコーヒーを飲んだ。

「ああ、おいしい」クレアはつぶやいた。「ほかに起きている人はいる？」

「いないようね。今、隣の部屋をのぞいてみたの。花嫁の付き添い人はあんなに興奮していたのに、ぐっすり眠っているわ。二人ともかなり遅くまで起きていて、会ったばかりというよりも長いこと別れていた友達に再会したみたいにおしゃべりしていたようね」

「おかしなこともあるものね」クレアは不思議そう

な顔をした。「ティリーとサリーがあんなに気が合うなんて。ティリーのほうが十歳も年上なのに」

「意気投合したんでしょう」ジルが言った。「二人とも自然と動物が好きだから。でも、ティリーが楽しそうにしているからよかったじゃない？　昨日、彼女がビル・マーシャルをちらちら見ていたのに気がついた？」

「まあ！」

「ビルもまんざらでもなさそうだったわ。でも、当然あなたは気がつかなかったでしょうね。マットと一緒にいたら、たとえミック・ジャガーが入ってきても気がつかないでしょうから」

「そういえば、マットは……」

「はいはい」ジルはクレアの言葉をさえぎった。「バリーが花婿を書斎に押し込んでしまったし、マットも結婚式までは絶対にあなたに会わないと言い残していたそうよ」

　クレアは笑った。「マットがどこにいるのかきこうとしたんじゃないの。ただ、彼が俳優をやめて医師としての仕事に戻ることにしたので、とてもうれしいって言おうとしたのよ」

「なぜ医師をやめたのか説明してくれたのね？」

「ええ。とても感動したわ。思わず泣いちゃった」

「演じることが、彼の命を救ったのよ」

「ええ、そうね」

　束《つか》の間《ま》、二人は黙り込み、物思いに耽《ふけ》った。

「それで、ハネムーンはどこへ行くの？」いきなりジルがきいた。「それとも、教えてもらえないのかしら？」

　クレアはにっこりした。「教えてもかまわないけど、マスコミには言わないでね。最初の夜はブルーマウンテンに泊まるの。次の日の朝シドニーへ行って、飛行機でデイドリーム島へ渡り、そこで二週間過ごす予定よ」

「ああ、なんてロマンチックなのかしら！　ハネムーンから戻ったら、どこに住むの？」

「マットのご両親の家からあまり遠くないところに家を見つけたので、手付金を打ってあるの」

「仕事をやめてシドニーに移るのは、かまわなかったの？」

「ええ。シドニーは大好きなの。仕事はいつでもできるけれど、マットもわたしもすぐに子供が欲しいから」

ジルはため息をついた。「あなたたちは自分の望むものがなんなのかはっきりわかっているのね？」

クレアは顔をほころばせた。「ええ。お互いにね」

「こんなに一人の女性に夢中になっている男性も、一人の男性に夢中になっている女性も見たことがないわ。あなたの目をくりぬいてやりたいと思っている女性が何人かはいるでしょうね」

「たぶんね」クレアの頭にティファニー・メイクピースのことが浮かんだ。彼女は今ニューヨークへ向かう飛行機の中にいるはずだ。数カ月前の出張の際に出会った男性と結婚するために。

〝だから、この前あんなに急に出かけてしまったんだよ〟少し前にマットは説明した。〝ほかの男性と出会って、自分の気持をたしかめるために戻ってきただけなんだ。ぼくたちの関係が完全に終わったと気づくと、また出ていったというわけさ〟

ティファニーが傷ついていないことを喜ぼうと、クレアは努めた。マットの愛に包まれている今は、自分の幸せを壊しかけた女性に対しても寛大な気持になれるのだった。

「いいかい、クレア？」

クレアは父親の顔を見上げてからにわかづくりの通路のほうへ目を移し、自分に向けられている期待に満ちた無数の顔を見た。バンガラータから母親の友人が全員来ている。この数週間、母親はこのうえなく幸せそうだった。その幸せを完全なものにするためには、もう一つ必要なことがある。

「パパ……」

「なんだね？」

「もうどれくらいママに、愛してると言っていないの？」

「えっ？　どうしてそんなことを？」

「ママを愛してるんでしょう？」

「もちろんだとも！　ママはすばらしい女性だからね。いなくなったら途方に暮れてしまうよ」

「それなら、そう言ってあげて。大事なことなのよ。約束してちょうだい」

「わかった。約束するよ。それじゃ、そろそろいいかい？」父親はふたたびたずねた。

　胸がどきどきしてきたので、クレアは不安げに目を壇のほうへ向けた。そこにはグレーのモーニングに身を包んだ四人の男性が、兵隊のようにきちんと並んでいる。一番右にいるのはサムのパートナー役によんだ、従兄《いとこ》のマーク。その隣は花婿付き添い人のビルで、パートナーは花嫁付き添い人のティリーだ。花婿の第一付き添い人のバリーの反対側にはジルがいる。最後はマットだ。信じられないほどハンサムだが、驚くほど態度がぎくしゃくしている。

　音楽が流れ始めたとき、マットは首を回してクレアを見た。そのとたん、顔をほころばせた。クレアだけに向けられた笑顔だ。感嘆と励ましの気持があふれる笑み。期待と希望に満ちた笑み。深い愛がみなぎる笑みだ。クレアの口からため息がもれ、目に涙が込み上げた。

「さあ、いいかい、クレア？」父親がささやいた。

「ええ」クレアは小さな声で言い、やさしい笑みを浮かべて新しい人生の第一歩を踏み出した。

とっておきの、ときめきを。
ハーレクイン

ハーレクイン・イマージュ 1996年10月刊 (I-1036)

恋はひそやかに

2009年4月5日発行

著　　者	ミランダ・リー
訳　　者	大谷真理子 (おおたに　まりこ)
発 行 人	立山昭彦
発 行 所	株式会社ハーレクイン 東京都千代田区内神田 1-14-6 電話 03-3292-8091(営業) 03-3292-8457(読者サービス係)
印刷・製本	凸版印刷株式会社 東京都板橋区志村 1-11-1

造本には十分注意しておりますが、乱丁(ページ順序の間違い)・落丁(本文の一部抜け落ち)がありました場合は、お取り替えいたします。ご面倒ですが、購入された書店名を明記の上、小社読者サービス係宛ご送付ください。送料小社負担にてお取り替えいたします。ただし、古書店で購入されたものについてはお取り替えできません。
®とTMがついているものはハーレクイン社の登録商標です。

ISBN978-4-596-73783-0 C0297

4月5日の新刊 好評発売中！

愛の激しさを知る ハーレクイン・ロマンス

嵐に乾杯	キャサリン・ジョージ／結城玲子 訳	R-2374
愛人という罰	マーガレット・メイヨー／青海まこ 訳	R-2375
プリンセスの誘惑（王家をめぐる恋Ⅰ）	ルーシー・モンロー／加藤由紀 訳	R-2376
別れは愛の証	サラ・モーガン／高橋庸子 訳	R-2377

ピュアな思いに満たされる ハーレクイン・イマージュ

不機嫌なボスに愛を	ジェニー・アダムズ／桃里留加 訳	I-2003
妖精たちの甘い夢（ウエディング・プランナーズⅣ）	リンダ・グッドナイト／北園えりか 訳	I-2004
ペナルティはキスで	ジェシカ・スティール／伊坂奈々 訳	I-2005
荒野の堕天使 上（恋の冒険者たちⅠ）	マーガレット・ウェイ／柿原日出子 訳	I-2006

別の時代、別の世界へ ハーレクイン・ヒストリカル

すり替わった恋	シルヴィア・アンドルー／古沢絵里 訳	HS-358
仮面の悪党	ジョージーナ・デボン／吉田和代 訳	HS-359

この情熱は止められない！ ハーレクイン・ディザイア

ダイヤモンドは誰の胸に（疑惑のジュエリーⅣ）	ジャン・コリー／森山りつ子 訳	D-1289
恋とワインと伯爵と	アン・メイジャー／田中淳子 訳	D-1290
秘密のメロディ	アリー・ブレイク／渡辺千穂子 訳	D-1291
キスより甘く	ヴィッキー・L・トンプソン／すなみ　翔 訳	D-1292

永遠のラブストーリー ハーレクイン・クラシックス

燃える思いを	シャーロット・ラム／上木治子 訳	C-782
恋はひそやかに	ミランダ・リー／大谷真理子 訳	C-783
あなたのいる食卓	ベティ・ニールズ／永幡みちこ 訳	C-784
燃える炎に似て	レベッカ・ウインターズ／霜月　桂 訳	C-785

ハーレクイン文庫 文庫コーナーでお求めください 4月1日発売

闇に眠る騎士	マーゴ・マグワイア／すなみ　翔 訳	HQB-218
庭園の誓い	ジョアンナ・メイトランド／吉田和代 訳	HQB-219
砂漠のライオン	バーバラ・フェイス／西川和子 訳	HQB-220
テキサスの恋人たち	スーザン・フォックス／新井ひろみ 訳	HQB-221
地中海に舞う戦士	チェリー・アデア／森　香夏子 訳	HQB-222
ハッピー・イースター	ステラ・キャメロン／進藤あつ子 訳	HQB-223

“ハーレクイン”原作のコミックス

●ハーレクイン コミックス（描きおろし） 毎月1日発売　●ハーレクイン コミックス・キララ 毎月11日発売
●月刊HQ comic 毎月11日発売　●月刊ハーレクイン 毎月21日発売
※コミックスはコミックス売り場で、月刊誌は雑誌コーナーでお求めください。

情熱的、かつ刺激的な作風で人気のエマ・ダーシー

父の葬儀で再会した義理の兄は、遺産をめぐってとんでもない条件を提案した。

『ブラックジャックの誘惑』

●ハーレクイン・ロマンス　R-2379　**4月20日発売**

ニコラ・マーシュ作 ビジネスマンを装う傲慢なシークとの恋

二度と会うはずのなかったシークからの一方的なプロポーズは、身勝手すぎて。

『仕組まれた王家の結婚』

●ハーレクイン・イマージュ　I-2009　**4月20日発売**

見逃せない! マーガレット・ウェイ4部作〈恋の冒険者たち〉第1話下巻

惹かれあうようになった男女は、富豪一族の更なる秘密を知ることになり……。

〈恋の冒険者たち〉

第1話『荒野の堕天使　下』

●ハーレクイン・イマージュ　I-2010　**4月20日発売**

ミランダ・ジャレットが孤独なプリンセスを描いたロイヤル・ロマンス

若くして重大な任務を負ったプリンセスが唯一心を許す相手は、護衛だけで。

『Princess of Fortune（原題）』

●ハーレクイン・ヒストリカル　HS-361　**4月20日発売**

レベッカ・ヨークのロマンティック・サスペンス最新作

実母を探す男とそれに協力する女。ふたりは巻き込まれた事件を解明するうちに……。

レベッカ・ヨーク作『愛しさが待つ場所へ』

●ハーレクイン・プレリュード　HP-16　**4月20日発売**

ハーレクイン・ロマンスでも人気の作家ケイト・ハーディ

古着屋を営む謎めいた美女。有能弁護士の自分とは無縁の存在と思っていたが……。

『三度目のキスは…』

●ハーレクイン・ディザイア　D-1295　**4月20日発売**